KB115171

# 마도천하

**박현 新무협 판타지 소설**
FANTASTIC ORIENTAL HEROES

魔道
天下

# 마도천하 4

박현 新무협 판타지 소설

초판 1쇄 찍은 날 § 2008년 12월 3일
초판 1쇄 펴낸 날 § 2008년 12월 10일

지은이 § 박현
펴낸이 § 서경석

편집장 § 문혜영
편집 § 서지현 · 문정흠

펴낸곳 § 도서출판 청어람
등록번호 § 제1081-1-89호
등록일자 § 1999. 5. 31
어람번호 § 제2-1633호

주소 § 경기도 부천시 원미구 심곡1동 350-1 남성B/D 3F (우) 420-011
전화 § 032-656-4452  팩스 § 032-656-4453
http://www.chungeoram.com
E-mail § eoram99@chollian.net

ⓒ 박현, 2007

ISBN 978-89-251-1586-3 04810
ISBN 978-89-251-0759-2 (세트)

박현 新무협 판타지 소설

# 마도천하

FANTASTIC ORIENTAL HEROES

[마등]

# 目次

제31장

안목

# 魔道

## 道

### 天下

하늘은 높고 구름은 가벼운 계절.

대지에는 시원한 바람이 불고 먼 들판엔 황금빛이 넘실거린다.

싱그러운 아침.

묵자후는 강둑 위에 앉아 안개 낀 산을 바라보고 있다.

서른여섯 개의 절벽과 일흔두 개의 봉우리로 이뤄진 산.

천하 도교의 상징이자 정파무림의 양대 산맥 중 하나라는 무당산(武當山)이 바로 저기다.

'무당파, 무당제일검……'

아스라한 갈대밭 너머 무당파의 입구 관문인 현악문(玄岳

門)이 어렴풋이 보이자 묵자후는 울컥한 감정이 치솟았다.

무창에서 영웅성을 지날 때도 마찬가지였지만, 지금 당장에라도 몸을 날려 무당 장문인과 무당제일검의 목을 날려 버리고 싶었다.

'그러나……'

혼자 싸우는 건 아무 의미가 없다.

천금마옥의 숙부, 백부들이 원한 건 피에 굶주린 복수행이 아니었다.

흩어진 마도를 모아 마맥(魔脈)을 다시 회복하는 것.

그게 모두의 바람이자 소망이었다. 그걸 알기에 영웅성을 지나면서도 이를 악물지 않았던가.

'그래, 조금만 더 인내심을 발휘해 주마. 그러나 각오해야 할 것이다! 마등을 올리고 난 뒤에는 더 이상 자비를 베풀지 않을 테니까……'

속으로 중얼거리며 자리에서 일어났다.

누가 그랬던가.

고개만 돌리면 피안(彼岸)이라고.

무당산을 등지자마자 와자한 풍경이 눈에 들어왔다.

이곳 단강구(丹江口)는 누가 뭐래도 무당파의 앞마당이다.

일반인들은 기억하기 쉽게 단강의 입구라는 뜻으로 단강구라 부르지만, 강호인들은 행정구역상의 명칭인 균현(均縣)이라 부른다.

호북성 균현!

강호인이라면 누구나 한번 와보고 싶어하는 곳이다. 그러다 보니 이른 시간임에도 불구하고 거리마다 사람들로 북적였다.

객잔은 벌써 영업을 시작했는지 호객꾼들이 나와 있고, 긴 담벼락 밑에는 각양각색의 좌판이 늘어서서 오가는 이들의 시선을 사로잡고 있었다.

강변에는 신선한 공기를 만끽하려는지 유람객들이 보이고 마을 입구에는 죽마 놀이에 한창인 아이들이 보였다.

그중 한 녀석이 죽마에서 떨어져 인상을 찡그리다가, 마을 입구로 들어서는 묵자후를 보고 나직이 탄성을 터뜨렸다.

"와아! 저 형아 좀 봐. 이상한 원숭이를 데리고 있어!"

녀석이 소리치자 아이들이 일제히 고개를 돌렸다.

"어라? 털이 금빛이네?"

"귀엽게 생겼어. 눈이 굉장히 예뻐!"

어느 틈에 달려와 중구난방 떠들어대는 아이들.

몇 녀석은 금후를 쳐다보는 와중에 묵자후 허리춤에 달린 도갑(刀匣)에 손을 갖다 대기도 했다.

"녀석들……."

묵자후는 피식 웃으며 아이들의 머리를 쓰다듬어 줬다.

또래끼리 몰려다니는 아이들.

그들의 천진난만한 모습을 보니 울적하던 기분이 한결 가시는 느낌이 들어서였다.

"얘들아, 혹시 이 근처에 우마시장(牛馬市場)이나 마방(馬房)이 어디 있는지 아니?"

묵자후가 웃으며 묻자, 도갑을 만지고 있던 아이들 중 한 녀석이 눈을 빛내며 말했다.

"어? 말 사시게요?"

"그래."

"와! 잘됐네요. 마침 우리 형이 우마시장에서 일하고 있거든요."

"그래? 그럼 네가 길 안내를 좀 해줄래?"

"좋아요! 얘들아, 잠깐만 기다리고 있어! 금방 갔다 올게!"

친구들에게 소리치며 신나게 달려가는 아이.

묵자후는 그 뒤를 따라 우마시장으로 향했다.

원래는 배를 타고 섬서 남부까지 갈 계획이었지만 이제는 배 타는 게 너무 지겹게 느껴졌다. 몸이야 조금 편할지 몰라도 각 선착장마다 물때[*]가 맞아야 했고 선객들이 모두 모이길 기다려야 하니 시간 낭비가 적지 않았다.

거기다 금후가 말썽 피우지 않도록 신경 쓰는 와중에 흑오가 따라올 수 있게 비문을 남겨야 했으니, 갑판과 선실을 오가는 좁은 선상 생활에 이미 진력이 난 묵자후, 차라리 육로로 이동하는 게 편할 것 같아 말을 한 필 구입하려는 것이다.

---

[*] 수량이 풍부해야 한다. 갈수기에는 배를 운행하지 않는 곳이 많다.

"말에 대해 좀 아쇼?"

꼬마 녀석의 형이라는 사내가 불쑥 질문을 던져 왔다.

'말에 대해 좀 아느냐고?'

묵자후는 대답 대신 희미한 미소를 지어 보였다.

천금마옥 시절, 말 고르는 법과 말 관리하는 법, 심지어 종마 키우는 비법에 이르기까지 머리 터지게 배우던 기억이 생생하게 떠올랐다. 하지만 아직까지 말을 타보거나 사본 적이 없어 뭐라고 대답하기가 애매했다.

"흠… 대답이 없는 걸 보니 말에 대해 잘 모르시는 모양이군. 하지만 아무 염려할 것 없소. 내가 알아서 좋은 말을 골라 드릴 테니."

사내는 지레짐작하며 말을 한 필 끌고 나왔다.

"강호인들은 대개 오운개설(五雲蓋雪)이나 묵제옥토(墨蹄玉兎)*, 심한 경우 한혈마나 백설총 같은 말을 내놓으라고 성화를 부리지만 우리가 무슨 재주로 그런 말을 구할 수 있겠소? 건강한 말만 팔아도 본전은 뽑을 것이고, 몽고마를 팔 수 있다면 많은 이익을 볼 수 있지. 이 말은 명마도 아니고 몽고마도 아니지만 매우 건강한 말이오. 그러니 딱히 먼 길을 가지 않는다면 이 말을 사 가시는 게 좋을 거요."

---

\* 오운개설(五雲蓋雪):검은 털에 네 다리만 흰색.
　묵제옥토(墨蹄玉兎):몸집이 흰데 다리만 검은색.

입심은 그럴듯했지만, 사내가 끌고 온 말은 그리 좋은 편이 못되었다.

체폭이 넓고 골격이 굵은데다 다리가 짧아 사람을 태우기보다는 마차를 끌거나 무거운 물건을 운반하는 중만마(重輓馬)에 적합해 보였다.

"이 말보다는… 차라리 저 말이 나을 것 같군."

"음? 저놈은 병든 말이라 팔기 곤란한데……."

사내는 묵자후가 가리킨 말을 보더니 어깨를 으쓱였다. 묵자후가 가리킨 말은 현재 눈병과 복통을 앓고 있는 중이었기 때문이다. 그래서 며칠 지켜보다가 병세가 호전되지 않으면 도축해 버리려고 한쪽 구석에 처박아둔 것인데 그 말을 사 가겠다니?

'내가 아무리 장사꾼이라지만 병든 말을 팔 수야 없지…….'

사내는 아쉬워하면서도 다른 말을 사라고 이야기했다. 그러나 묵자후가 계속 그 말을 사겠다고 고집을 부리자 은근히 기뻐하며 마구간 끝에 있던 삐쩍 마른 흑마를 끌고 나왔다.

"하긴 이 녀석, 건강만 회복하면 천리마와 경주라도 벌일 녀석이지. 서역에서 건너왔는데, 대완구(大宛駒) 쪽 혈통이 섞였다오."

사내, 마대(馬大)가 말고삐를 넘겨주며 너스레를 떠는 동안 묵자후는 말의 인중과 목덜미 부위를 쓰다듬었다. 그리고는 자기 냄새를 맡게 한 뒤 배꼽 부위에 손을 갖다 대고 따스한 장력을 내뿜었다.

이히힝, 푸르르…….

말이 기분 좋은 듯 투레질을 했다.

'역시 안골(眼骨)이 상해 복통을 앓고 있었군. 하지만 화류상제(華騮霜蹄)\*의 명마가 이런 데서 썩고 있었다니…….'

실로 기가 찰 노릇이었다.

묵자후가 고른 말은 비록 앙상하게 말라 있었지만 세세히 살펴보면 무척 빼어난 체형을 갖고 있었다.

첫눈에 호감이 갈 정도로 큰 눈에 유순해 보이는 둥근 볼.

대통처럼 쭉 뻗은 귀에 넉넉하게 자리 잡은 코.

거기다 목이 길고 체폭이 좁으며, 등이 평평하고 다리가 늘씬하니, 단정히 드리운 꼬리나 작은 생식기를 감안하지 않더라도 호사가들이 떠들어대는 명마의 기준에 딱 맞아떨어졌다.

"얼마 드리면 되겠소?"

묵자후가 말의 갈기를 쓰다듬으며 묻자 마대는 은근슬쩍 묵자후의 눈치를 살피며 말했다.

"글쎄올시다. 병든 말이라 과하게 받기는 그렇고… 은자

---

\*화류(華騮):주(周) 목왕(穆王)이 아끼던 팔준마(八駿馬)의 하나. 털빛이 붉고 갈기가 검다.
　상제(霜蹄):굽에 흰 털이 난 좋은 말.

열 냥만 내시오. 사 올 때 그 두 배 가격을 치렀으니 반값은 받아야 되지 않겠소?"

그러면서 다시 한 번 묵자후의 눈치를 살폈다. 그러나 아무이의도 제기하지 않고 곧바로 계산을 치르는 묵자후를 보고 마대는 입이 귀밑에 걸렸다.

'간밤에 용꿈을 꾼 것도 아닌데 이게 웬 횡재람? 막내 녀석 덕분에 눈먼 돈이 굴러들어 왔구나!'

마대는 너무 기분이 좋아 홍영(紅纓)과 안장, 등자(鐙子)*와 굴레 등을 손수 장착해 주고 오랜만에 흑마에게 솔질까지 해 줬다. 그리고 입구까지 배웅을 나가는데, 멀리서 한 무리의 젊은이들이 다가오는 게 보였다.

십대 후반에서 이십대 초반으로 보이는 그들.

모두 화려한 무복을 입은 삼남이녀(三男二女)의 젊은 무인들이었다.


"사매, 그냥 배를 타고 단봉(丹鳳)까지 가자니까."

"싫어요. 저는 배만 타면 멀미를 한단 말이에요."

"그렇다고 말을 사? 차라리 마차를 하나 빌리지그래?"

"쳇, 단풍을 만끽하면서 말을 달리는 거랑 좁은 마차 안에서 짐짝처럼 앉아 있는 거랑 차원이 다르잖아요. 어떻게 된

---

*홍영(紅纓):붉은색 가슴걸이. 말 가슴에 걸어 안장에 맨다.
등자(鐙子):말 탈 때 발 디디는 제구.

사람이 낭만을 몰라. 목석같은 목(木) 사형."

"내가 목석이라고? 참나, 낭만 찾다가 엉덩이 멍들면 그땐 또 누굴 원망하려고?"

"어머? 금(琴) 언니도 있는데 엉덩이가 뭐예요, 엉덩이가?"

"그럼 엉덩이를 엉덩이라 그러지 방뎅이라 그래?"

"사형—!"

"어이쿠, 귀 따가워."

"쿡쿡쿡. 아유, 두 분, 이제 그만 하세요. 저도 주 매(朱妹)랑 같이 말을 타보고 싶으니까요."

"하하하. 나도 금 소저와 마찬가지 의견이라오, 목(木) 형."

옥신각신 웃고 떠들며 마사 쪽으로 다가오는 청춘남녀들.

얼핏 봐도 명가의 자제들이요, 돈 되는 손님들이다.

'아이고! 오늘 재신(財神)이 한꺼번에 들이닥치는구나!'

마대는 또 한 번 입이 귀밑에 걸렸다.

"어이쿠, 어서 오십쇼, 공자, 공녀님들!"

희색이 만연하여 급히 삼남이녀에게 달려가는 마대.

이제 묵자후는 뒷전이 되어버렸다.

"이렇게 인중용봉(人中龍鳳) 같으신 분들이 저희 가게에 왕림해 주시니 황송하기 이를 데 없습니다요. 저희 마방은 정직과 신용을 생명으로 여깁니다. 어떤 말을 원하시는지 몰라도 최선을 다해 골라 드릴 테니……."

마치 왕후장상을 대하듯 삼남이녀를 향해 연거푸 고개를

숙이는 마대.

묵자후는 피식 웃으며 그 곁을 지나갔다.

그런데 이상한 일이 벌어졌다.

묵자후가 마대 곁을 지나는 순간, 어깨를 나란히 하여 걸어오던 삼남이녀가 일제히 길을 비켜주기 시작했다. 그러다가 일행의 선두에 있던 공동파 속가제자 화무린(華斌鏻)이 흠칫, 걸음을 멈췄다.

'음? 내가 왜 저자에게 길을 비켜주는 거지?'

화무린이 묵자후를 보며 고개를 갸웃거리자 그 뒤를 따르던 사제, 연성걸(燕成傑)이 걸음을 멈췄고 동시에 화산파 속가제자인 목우형(木優亨)이 걸음을 멈췄다.

목우형의 사매인 주옥란(朱玉蘭)은 아무 생각 없이 은월상단(銀月商團)의 여식인 금수련(琴秀蓮)과 이야기를 나누며 걷고 있다가, 사형을 비롯한 세 사람이 갑자기 걸음을 멈추자 무슨 일인가 하여 고개를 두리번거렸다.

'어머, 저 남자 좀 봐!'

막 자기 곁을 스쳐 가는 사내.

이때까지 만난 사람들 중에 가장 잘생긴 남자다.

강인한 듯 외로워 보이고 오만한 듯 따스해 보이는 사내.

그 독특한 기질과 신비로운 용모에 놀라 주옥란은 자기도 모르게 얼굴을 붉혔다.

금수련이라고 다를 리 없었다.

그녀 역시 사춘기 때 꿈꾸던 이상형을 본 듯, 멍하니 묵자후를 바라봤다.

하지만 무심한 표정으로 두 사람 곁을 지나가 버린 묵자후.

'아……!'

두 소녀의 눈에 한줄기 아쉬움이 어렸다.

그 모습을 보고 질투가 났을까?

"홋, 누군지 몰라도 매우 한심한 청춘이군. 기생오라비처럼 얼굴만 믿고 돌아다니니 저렇게 바가지를 쓰지."

공동파 속가제자 연성걸이 나직한 목소리로 비웃음을 흘렸다.

순간, 묵자후가 걸음을 멈췄고 그에 놀란 주옥란이 급히 연성걸의 앞을 막아서며 자연스럽게 질문을 던졌다.

"어머, 연 사형. 저 소협이 바가지를 썼다니, 그게 무슨 말씀이세요?"

주옥란 딴엔 두 사람 사이에 언쟁이 벌어질까 봐, 그래서 혹시 묵자후가 다치거나 망신을 당할까 봐 미리 방어막을 친 것이었다.

하지만 그런 의도를 눈치 챈 연성걸은 오히려 기분이 상해 더 큰 목소리로 비웃음을 흘렸다.

"그게 무슨 소리냐고요? 후후, 방금 사매도 보셨지 않소? 저자가 병든 말을 신주단지처럼 끌고 가는 걸. 보아하니 저자는 어떤 말이 좋은지도 모르고 마방에 들렀을 거요. 그리고 주인이 권하는 대로 덜컥 돈을 지불했겠지. 그 결과 저런 다 죽어가는 말을 얻었으니 바가지를 써도 매우 한심하게 쓴 셈이죠."

비아냥거리는 목소리로 계속 묵자후를 자극하는 연성걸.

그러나 주옥란이 끼어드는 걸 본 때문일까.

잠시 걸음을 멈춰 섰던 묵자후는 뉘 집 개가 짖느냐는 듯 어깨를 으쓱인 뒤 다시 걸음을 옮기기 시작했다. 그 바람에 애꿎은 사람에게 시비나 거는 파락호 신세가 되어버린 연성걸. 멀어져 가는 묵자후의 뒷모습을 노려보며 뭐라고 쏫소리를 내뱉으려는데,

"그만! 이번에는 사제가 실수했네. 저 친구가 고른 말은 좀처럼 보기 힘든 말이야. 짧은 시간에 먼 길을 오다 보니 자네가 잠시 착각한 모양이군."

잠자코 있던 화무린이 끼어들었다. 뒤이어 표정으로 지켜보고 있던 금수련이 고개를 끄덕이며 화무린의 이야기에 동의를 표했다.

"화 사형 말씀이 옳아요. 저런 말은 저희 상단에서도 최상급으로 분류한답니다."

"예에? 그럴 리가? 저렇게 비루먹은 말이 어찌……?"

연성걸은 황당하다는 듯 두 사람을 쳐다봤다.

그러나 상마법(相馬法)*에 일가견이 있는 자기 사형뿐만 아

---

* 상마법(相馬法):어떤 말이 좋은 말인지, 상태와 관상, 수명 등을 보는 법.

니라 우마(牛馬)를 전문으로 취급하는 은월상단의 장녀, 금수
련마저 동의를 표하자 더 이상 반박할 말이 없었다.

'제기랄! 어떻게든 금 소저와 친해지고 싶었는데 엉뚱한
놈 때문에 더 거리가 멀어져 버렸군……'

괜한 질투심으로 묵자후를 비웃어주려다가 오히려 자기가
말도 볼 줄 모르는 멍청이 꼴이 되어버린 연성걸.

그의 가슴에 또 한 번 못을 박는 사람이 있었다.

"저어, 말씀 중에 죄송합니다만, 저는 결코 바가지를 씌우
지 않았습니다. 저 손님께서 한사코 병든 말을 사시겠다고 고
집을 부리는 바람에……. 저는 계속 다른 말을 권했습니다
요."

"어머, 그래요?"

"과연 안목이 대단한 사람이었군요!"

"그, 그렇습죠. 저는 그 말이 그렇게 좋은 말인지도 모르고
은자 열 냥이나 받았다고 괜히 자책하고 있었지 뭡니까."

"어머, 그러셨어요? 그럼 이제 한시름 덜었겠네요. 물론 좋
은 말을 헐값에 팔아 속이 상하시겠지만 좋은 일 했다고 생각
하세요. 좋은 물건엔 반드시 임자가 있는 법이라잖아요."

"아무렴입쇼. 손해야 장사하다 보면 왕왕 있는 일이고, 그
보다 저 손님이 행운을 얻으셨다고 생각하니 절로 기분이 좋
아지는군요."

"에이, 설마요. 장사하시는 분이 그렇게 정이 많으시면 어

떡해요. 호호호."

뒤늦게 끼어들어 연성결의 가슴에 대못을 쾅쾅 박아버리
는 사람.

그는 이 젊은 손님들이 자기를 악덕상인으로 오해하거나
방금 전의 일로 마음이 상해 혹시라도 다른 가게로 가 버릴까
봐 안달이 나서 급히 상황 수습에 나선 마대였다.

덕분에 그는 살기 어린 연성결의 눈빛을 보고 가슴이 철렁
내려앉았을 망정, 한꺼번에 말을 다섯 마리나 파는 대박을 터
뜨리게 됐다.

이후, 각자 탈 말을 고른 삼남이녀가 다음 행선지에 대해
이런저런 대화를 나누며 마사(馬舍)를 빠져나가자 마대는 얼
른 가게 문을 닫아걸었다. 뒤이어 마구간 한 귀퉁이에 쪼그리
고 앉은 그는 방금 올린 수입을 계산해 보기 시작했다.

그런 그의 머리 위로 몇 마리 까마귀가 날아들었으나, 잠깐
고개를 돌려 봤을 뿐, 희희낙락한 표정으로 은자를 헤아리기
에 여념이 없었다.

하긴 누구라도 반 시진 만에 석 달치 수입을 올린다면 웬만
한 일쯤은 가볍게 웃어넘기고 말리라.

그러나,

와지끈!

갑자기 입구 문이 부서지고 한 소녀가 유령처럼 들이닥치
자 마대는 그만 혼비백산해 들고 있던 은자 꾸러미를 와르르

쏟아버리고 말았다.

까악, 까악…….

기이한 울음을 토하며 머리 위를 선회하는 까마귀들.

그리고 까마귀들에게 둘러싸여 새파랗게 눈을 빛내고 있는 피에 젖은 소녀.

마대는 왠지 오싹한 기분이 들어 자기도 모르게 사지를 벌벌 떨기 시작했다.

제 32 장

조예

# 魔道

## 天下

만산홍엽(滿山紅葉)이라, 단풍 흐드러진 산.

백자천홍(百紫千紅)이라, 이름 모를 꽃들이 만발한 들판.

그 사이로 단기필마(單騎匹馬)가 질주하고 있다.

두두두두!

거친 말발굽 소리에 여린 풀이 흔들리고, 굉굉(轟轟)한 발길질에 뿌연 먼지가 피어오른다. 그러다가 호호탕탕 달리던 말이 가쁜 숨을 몰아쉬자 기수(騎手)가 말의 상태를 알아차린 듯 자연스럽게 고삐를 틀어쥔다.

이히히힝!

격한 울음소리를 내뱉으며 앞발로 허공을 차는 삐쩍 마른 흑마(黑馬)!

그 서슬에 분분한 꽃잎이 날아오르고 일진광풍이 휘몰아쳤다.

실로 역동적인 정지 동작이었지만, 묵자후는 그게 당연하다는 듯 말갈기를 쓰다듬으며 주위를 둘러봤다.

울창한 수림으로 둘러싸인 병풍 같은 계곡.

길이라고는 전면에 보이는 가파른 능선뿐이다.

"역시 길을 잘못 들었군."

벌써 반나절째.

가도 가도 급급(岌岌)한 산야(山野)만 이어질 뿐, 민가(民家)의 흔적이라곤 전혀 보이지 않는다.

"이러다가는 예정에 없는 노숙을 하게 될지도 모르겠군."

머리 위로 보이는 산마루에는 벌써 황혼이 넘실거리고, 소소(蕭蕭)히 불던 바람은 이미 찬바람으로 변한 지 오래. 더 늦기 전에 쉴 곳을 찾아야 했다.

"할 수 없지. 노숙은 강호인의 일상이나 마찬가지라고 했으니……."

묵자후는 한숨을 쉬며 다시 말고삐를 틀어쥐었다.

그런데,

끼익, 끽!

얌전히 앉아 있던 금후가 갑자기 몸부림을 쳤다.

그동안 품안에만 갇혀 있어 몸살이 났을까. 앞뒤로 뛰어다니며 말썽을 부리기 시작했다.

그러자 묵자후를 만나기 전까지 병을 앓고 있다가 이제 겨우 기력을 회복하고 있는 추풍(秋風).

끼히히힝!

신경질적인 울음을 토하며 머리와 꼬리를 흔들었다.

금후가 자꾸 귀를 잡아당기거나 엉덩이를 두드린 때문이었다.

하지만 그에 아랑곳하지 않고 계속 추풍을 괴롭히는 금후.

급기야 화가 치민 추풍은 자기 꼬리를 잡고 그네처럼 타려하는 금후의 엉덩이를 뻥 걷어차 버렸다.

꽤액, 꽥!

저만치 날아가 바닥에 쿡 처박힌 금후.

멍든 엉덩이를 잡고 폴짝폴짝 뛰다가 길가에 떨어진 솔방울을 주워 마구 집어 던지기 시작했다.

끼히히힝!

그때부터 둘 사이에 신경전이 벌어졌다.

이마에 솔방울을 얻어맞고 씩씩거리며 금후에게 돌진하려는 추풍.

그런 추풍을 약 올리듯 캭캭거리며 계속 솔방울을 던져 대는 금후.

"아니, 이 녀석들이?"

묵자후는 어이가 없어 두 녀석을 떼어놓았다. 그리고 금후를 다시 품 안에 잡아넣은 뒤 하룻밤 지낼 곳을 찾기 위해 주변을 살펴봤다.

그런데 이번에는 추풍이 말썽을 부리기 시작했다.

푸르르거리며 엉덩이를 흔들거나 나무에 허리를 부딪치는 등 몸부림을 치기 시작한 것이다.

알고 보니 금후가 안장 밑으로 손을 집어넣어 엉덩이를 꼬집거나 꼬리털을 뽑아댄 때문이었다.

"이 녀석, 오늘따라 왜 이렇게 심술을 부려?"

보다 못한 묵자후는 금후에게 알밤을 먹이며 가볍게 주의를 줬다. 그러자 녀석이 캭 소리를 내며 뛰어내리더니 갑자기 능선 쪽으로 달아나기 시작했다.

"어라, 저 녀석이 왜 저래?"

예상보다 강한 반발에 묵자후는 순간적으로 당황했다. 그러다가 곰곰이 생각해 보니 아무래도 녀석이 아무래도 추풍에게 질투를 느끼고 있는 모양이었다. 여기까지 오는 중에도 몇 번 추풍의 병세를 돌봐줬는데, 그때마다 녀석의 눈빛이 심상치 않았던 기억이 떠올랐다.

"참나, 어떻게 된 녀석이 성질까지 제 주인을 닮나 그래."

피식 웃으며 잠시 흑오를 떠올린 묵자후는 느긋하게 금후가 돌아오기를 기다렸다.

그런데 이게 어찌 된 일인가?

녀석이 나뭇가지 사이를 오르락내리락하더니 계곡 쪽으로

자취를 감추어 버리는 게 아닌가.

"이런! 이러다가는 정말 놓쳐 버리겠군."

묵자후는 얼른 말에서 내려 금후를 뒤쫓아갔다.

그러나 얼마나 재빠른지 벌써 흔적도 보이지 않는 금후.

"골치 아프게 됐군. 삐쳐도 단단히 삐친 모양이야."

묵자후는 한숨을 내쉬며 발에 힘을 더했다.

콰아아아!

번개가 무색할 정도로 치달리는 묵자후의 신형.

그 기세에 휘말려 앞을 가로막던 바위와 나무들이 산산이
부서져 나갔다.

잠시 후,

"이 녀석, 좋은 말할 때 내려와라. 안 그러면 정말 버리고
간다!"

가시덤불 우거진 숲 속에서 묵자후의 고함 소리가 들려왔
다.

끽, 끽……!

묵자후의 호통에 잔뜩 주눅이 든 금후.

무성한 나뭇가지 뒤에 숨어 억울하다는 듯 손짓 발짓을 해
댔다. 그 모습이 어찌나 측은해 보였던지 묵자후는 웃으며 고
개를 끄덕였다.

"그래, 알았다. 더 이상 나무라지 않을 테니 어서 내려와
라. 추풍이 기다리고 있단 말이야."

그러면서 양팔을 벌리는 순간, 혹시나 싶어 겁을 집어먹은 금후. 후다닥 몸을 튕겨 맞은편 숲 속으로 달아나 버린다.

"이런 말썽꾸러기 녀석! 봐주겠다는데도 도망을 쳐!"

묵자후는 이제 정말 화가 났다. 그래서 녀석을 잡으면 단단히 혼을 내주리라 생각하며 숲 속으로 들어서는데,

"어라, 저게 뭐지?"

눈앞에 낯선 물체가 나타났다.

무성한 가시덤불 사이로 보이는 퇴락한 건물.

관제묘였다.

도대체 얼마나 오래전에 지어졌는지 천장에는 잡초가 무성하고 입구 문은 반 이상 부서져 버린데다 계단에는 푸르스름한 이끼까지 끼어 있었다.

금후는 바로 그 계단 옆에 세워진 낡은 비석 뒤에 숨어 있었는데, 녀석을 붙잡아 품 안에 쑤셔 넣은 뒤 사당 안을 둘러보니 내부는 더 황폐해 보였다.

언제 향을 피웠는지 모를 정도로 팍 삭아버린 향로.

구멍이 숭숭 뚫려 간신히 형체만 남은 제단.

근엄한 표정과 탐스런 수염을 자랑하는 대신 켜켜이 쌓인 먼지와 거미줄을 뒤집어쓴 채 위태롭게 서 있는 빛바랜 관우 신상 등이 묘한 조화를 이루며 음산하고 황량한 느낌을 자아내고 있었다.

"잘됐군. 안 그래도 쉴 곳을 찾고 있었는데……."

남들이 보면 귀신이 나올 것 같다며 고개를 설레설레 내저을 공간이었지만 묵자후는 만족한 듯 주위를 둘러보다가 능선을 내려갔다. 이후 추풍을 데리고 다시 관제묘를 찾은 묵자후는 바닥을 쓸고 입구를 보수한 뒤, 제단과 마룻바닥을 뜯어 불을 피우는 등 본격적인 노숙 준비에 들어갔다.

　잠시 후, 발간 불길이 피어오르고 사당 전체에 훈훈한 공기가 감돌자 금후는 모닥불 옆에서 장난을 치다가 꾸벅꾸벅 졸기 시작했고, 추풍은 그런 금후를 못마땅한 눈길로 바라보다가 길게 하품을 하기 시작했다.

　의외로 두 녀석이 싸우지 않고 각자 수면을 취하려 하자 묵자후는 빙긋 웃으며 사당 밖으로 나갔다. 간단한 요깃거리와 식수를 장만하기 위해서였다.


　같은 시각.

　석양이 내려앉은 이름 모를 계곡.

　앞쪽으로는 기암괴석 즐비한 산이, 좌우로는 무성한 수림이 뻗어 있는 이곳에 어스름한 그림자가 나타났다.

　따각, 따각…….

　느릿하게 울려 퍼지는 말발굽 소리.

　말발굽 소리에 따라 흔들리는 피로에 지친 얼굴들.

　아침나절에 균현을 떠난 화무린 일행이었다.

　그들 중 맨 뒤에 처져 있던 주옥란은 끝없이 펼쳐진 산야를 보고 막막한 기분이 들어 앞쪽을 향해 볼멘 음성으로 투덜거렸다.

"사형, 여기가 어디쯤이죠? 앞으로 얼마나 더 가야 객잔을 찾을 수 있는 거예요? 네?"

하소연하듯 물었지만 대답이 없다.

들은 척 만 척 귓구멍을 후비며 금수련만 쳐다보는 얄미운 사형.

주옥란은 이마에 쌍심지를 돋우며 빽 소리쳤다.

"사형! 제 말이 안 들려요? 여기가 어디냐구요?! 아니, 여기가 어디든 말든 난 몰라. 더 이상 못 가겠어요. 엉덩이가 아파 도저히 못 가겠단 말이에요!'"

그러면서 말을 세우고 홧김에 바닥에 털썩 주저앉아 버리자 목우형이 기가 막힌 듯 혀를 찼다.

"쯧쯧, 혹시나 했더니 역시나로군. 그러게 내가 뭐라고 그러더냐? 오늘은 단봉(丹鳳)에서 묵고 내일 아침에 다시 출발하자고 했잖아?"

"쳇, 누가 이렇게 길이 험하고 멀 줄 알았나요? 연 사형이 하도 큰소리를 치시기에 그 말만 믿었죠."

"어이쿠, 주 사매! 내가 언제 큰소리를 쳤다고 그러시오? 나는 그저 지름길을 알고 있다고 했을 뿐인데……."

갑자기 불똥이 자기에게 튀자 연성걸이 펄쩍 뛰었다.

그러나 주옥란은 새침한 눈길로 재차 쏘아붙였다.

"홍, 그게 그거잖아요. 연 사형도 한번 주위를 둘러보세요. 이게 무슨 지름길이에요? 벌써 두 시진째 산자락만 헤매고 있는데."

"그, 그게……."

연성걸은 할 말이 없어 입을 다물고 말았다.

이럴 줄 알았다면 평소 다니던 길로 안내할 걸.

괜히 화산파 출신인 두 사람을 배려하여 종남산을 우회하느라 애꿎은 시간을 잡아먹고 길마저 잃어버렸다.

"참나, 죄없는 연 사제는 왜 걸고 넘어져? 아까 객잔에서 하룻밤 쉬었다 가자고 할 때 남자들 체력이 그것밖에 안 되냐며 윽박지른 사람이 누군데 그래? 정 안 되면 노숙하면 된다고, 사매 평생소원이 노숙이었다며 모두를 몰아붙였잖아. 이제 그 소원을 풀게 됐으니 고맙다고 절을 해야지 웬 타박이야?"

"힝! 물론 제가 채근하긴 했지만, 제가 원한 건 이렇게 길을 잃고 마지못해하는 노숙이 아니었다구요. 경치 좋고 물 좋은 곳에서 멋진 님과 교교한 달빛을 맞으며 술잔을 기울이는 그림 같은 노숙이었는데……."

"뭐? 그림 같은 노숙? 푸하— 이 아가씨가 정말 꿈같은 소리하고 있군그래. 좋아, 좋아! 사매가 정 그런 노숙을 원한다면 이렇게 하자구. 달이야 시간이 되면 알아서 뜰 테고 경치 역시 캄캄한 밤이니 아무려면 어떠냐. 그 멋진 님, 이 사형이 대신 해줄 테니 이따 우리 둘이서 오붓하게 잔을 기울이는 거야. 어때? 좋은 생각이지?"

"쳇! 사형과 잔을 나누느니 차라리 벼락 맞아 죽어 시집 못간 처녀귀신이 되는 게 낫지……."

"어라? 언제는 나와 함께 천년만년 같이 살고 싶다고 하지 않았던가?"

"사형—! 그게 언젯적 이야긴데 아직까지 우려먹는 거예요?"

"하이고, 언젯적 이야기긴. 아직 십 년도 안 된 이야기니 앞으로 오십 년은 더 우려먹을 수 있다네. 그런 의미에서 어때? 오늘 밤 사형과 교교한 달빛을 맞으며 알콩달콩……."

"이 아저씨가?"

퍽!

"어이쿠! 이 버릇없는 사매가 이젠 사형을 마구 두들겨 패는구나. 아이고, 아파라."

"피, 이 정도로 그친 걸 다행으로 생각하세요."

"다행으로 생각하라고? 사매 눈에는 이렇게 퉁퉁 부은 내 정강이가 안 보여? 그리고, 아직 앞날이 구만리 같은 사형에게 아저씨가 뭐냐, 아저씨가?"

"흥! 사형이 자꾸 엉큼한 말만 하니까 그렇죠. 저기 계시는 화 사형처럼 좀 점잖고 예의 바르게 행동해 보세요. 그럼 제가 왜 아저씨라 그러겠어요?"

"어라? 금 소저도 있는데 말이 너무 심한 거 아냐? 어떻게 나를 화 형과 직접 비교할 수 있단 말이냐?"

"심하긴요. 사형이 이렇게 능글맞고 음충스럽게 구는 한, 절대 금 언니의 마음을 얻지 못할 거예요."

"어머? 주 매!"

갑작스런 말에 금수련이 얼굴을 붉혔다.

목우형 역시 마찬가지였다.

"아이고! 사매라고 하나 있는 게 다리는 못 놔줄 망정 아예 재를 뿌리는구나, 재를 뿌려."

"흥, 재를 뿌렸다구요? 그런데 어째 표정은 기특해 죽겠다는 표정이실까?"

"윽! 사매, 정말 이러기야?"

또다시 옥신각신거리기 시작하는 두 사람.

그 와중에 끼어 어쩔 줄 몰라 하는 금수련을 보고 화무린이 웃으며 중재에 나섰다.

"하하, 벌써 날이 많이 어두워졌습니다. 이제 그만 출발하는 게 어떻겠습니까?"

그 말에 두 사람은 머쓱한 표정으로 주위를 둘러보다가 이내 말고삐를 틀어쥐었다. 이후 반 시진가량 주위를 탐색하던 삼남이녀는 기암괴석 좌측으로 난 능선을 보고 그쪽으로 방향을 잡기 시작했다.

가파른 언덕, 우거진 숲을 헤치며 얼마나 걸었을까?

어스름한 땅거미가 지고 눈 깜짝할 사이에 어둠이 왔다.

한 치 앞도 보이지 않는 칠흑 같은 산길.

모두 땀에 젖어 털썩 주저앉고 싶을 즈음,

"아! 저기 불빛이 보여요!"

주옥란이 어딘가를 가리키며 소리쳤다.

"우리 같은 사람이 또 있었나 보군!"

"그러게 말이에요. 천만다행이네요."

그나마 불빛이 보여 안심이 된 삼남이녀는 서둘러 걸음을 옮겼다.

캄캄한 어둠과 무성한 숲을 뚫고 한참 걸어 들어가자 마침내 관제묘가 보였다.

치렁치렁한 덩굴 사이로 보이는 적막한 사당.

불빛은 바로 그곳에서 흘러나오고 있었다.

"…저기요, 우리 그냥 딴 곳을 찾아보면 안 될까요? 왠지 으스스해 보여요."

주옥란이 몸을 떨며 소곤거렸다.

"아닌 게 아니라 많이 음산해 보이네요."

금수련도 내키지 않는다는 듯 걸음을 망설였다.

"참나, 무섭긴 뭐가 무섭단 말이오? 귀신이 나오면 뎅겅 베어버리면 되지!"

연성걸이 호기롭게 외치며 앞으로 나아갔다.

그러나,

"아얏!"

그는 두 걸음도 못 가 비명을 지르고 말았다. 빽빽한 가시 덤불이 앞을 가로막은 때문이었다.

"빌어먹을!"

뒤늦게 검을 뽑아 든 연성걸은 다시 덤불을 헤쳐 나갔다.

그런데 아무리 베어도 덤불이 줄어들지를 않았다. 또한 불빛이 새어 나오는 사당 역시 한 발짝도 가까워지지 않았다. 마치 한 발 다가가면 한 발 물러나는 듯 계속 같은 거리만 유지하고 있었다.

"아무래도… 진법에 빠진 모양이오."

등 뒤에서 목우형이 중얼거렸다.

"아!"

소녀들은 맥이 탁 풀렸는지 말안장에 등을 기댔다.

"이제 어떡하면 좋죠?"

"누가 이런 곳에 진법을……?"

소녀들이 곤혹스러운 듯 바라보자 화무린이 눈을 감고 생각에 잠겼다. 진법 파훼 원리를 고민하는 모양이었다.

그때 연성걸이 말했다.

"사형, 이곳에 진법이 있다면 펼친 사람도 있을 거 아닙니까? 우선 그를 불러보는 게 어떻겠습니까?"

그러자 주옥란이 걱정스런 표정으로 말했다.

"혹시 나쁜 사람이나 흉악한 마두가 나타나면 어떡해요?"

연성걸은 기가 막힌다는 듯 주옥란을 바라보다가 제 가슴을 툭툭 치며 호기를 부렸다.

"주 사매, 우리가 누구요? 명색이 구대문파 속가제자들 아니오? 게다가 금 소저까지 다섯 명이나 있는데 누가 나타난들 뭔 걱정이오?"

그 말과 함께 연성걸이 목청을 돋워 고함을 질렀다.

"거기 누구 없습니까? 계신다면 존안을 좀 뵙고 싶습니다!"

그러나 한참을 기다려도 돌아오는 대답이 없었다.

"할 수 없군. 내가 가서 진을 파훼해 보겠소."

목우형이 기다리다 못해 앞으로 나섰다. 그러자 옆에 있던 주옥란이 곧바로 초를 쳤다.

"쳇! 사형은 진법에 조예가 깊지 못하잖아요? 매화이십사검수(梅花二十四劍手)에도 떨어지셨으면서……."

"쿨럭!"

난데없는 이야기에 당황한 목우형이 무슨 소리냐는 듯 주옥란을 쳐다봤다. 하지만 여러 가지 의미가 담긴 주옥란의 눈빛을 보고 고개를 끄덕인 목우형은 어깨를 으쓱이며 화무린을 돌아봤다.

"저 녀석이 그렇다는구려. 화 형은 어떠시오?"

"글쎄요. 저 역시 진법에 조예가 깊지 못합니다만……."

그 말이 끝나기도 전에 연성걸이 끼어들었다.

"사형께서는 본 문이 자랑하는 복마십팔검(伏魔十八劍)에 드셨잖습니까? 거기다 탕마진법(蕩魔陣法)과 이십팔숙대진(二十八宿大陣), 그리고 구궁십승멸사진(九宮十勝滅邪陣)에 익숙하시니……."

"사제!"

"아! 죄, 죄송합니다. 소제가 실언했습니다, 사형."

눈치없이 떠들다 움찔 뒤로 물러나는 연성걸.

화무린은 이 나서기 좋아하는 철없는 사제를 보고 가볍게 한숨을 쉬다가 마지못한 듯 천천히 걸음을 옮기기 시작했다.

그가 보법을 밟으며 몇 발자국 걷자 그의 모습이 흐릿하게 변해갔고, 목우형 등은 긴장한 표정으로 화무린의 뒷모습을 예의주시했다.

"어때요, 사형? 괜찮은 것 같아요?"

주옥란이 걱정스럽다는 듯 목우형을 돌아봤다.

그런데 목우형이 대답하기도 전에 연성걸이 먼저 대답했다.

"괜찮을 겁니다. 저희 사형은 본산에서도 인정받은 초절정 기재시니까요."

자기 사형에 대한 확고한 믿음을 가진 듯 보이는 연성걸.

주옥란은 괜히 짜증이 났다.

'누가 그걸 모른데? 당신이 말 안 해도 이미 알고 있다구!'

경망스럽게 끼어들어 집중을 방해하는 연성걸이 한심스럽게 느껴져 주옥란은 자기도 모르게 눈살을 찌푸렸다.

그때,

"아무래도… 힘든 것 같군."

목우형이 한숨 섞인 목소리로 중얼거렸다.

"예? 힘든 것 같다구요?"

주옥란이 놀라 고개를 돌리는 순간, 어둠 속에서 누군가가 튀어나왔다.

"헉?"

"사형!"

"괜찮아요?"

나타난 사람은 화무린이었다.

그의 신색은 이전에 비해 많이 달라져 있었다.

그가 진을 탐색한 시간은 고작 반 각 정도.

그런데도 의복 상태가 엉망이었고 입가에 가느다란 선혈마저 내비쳤다. 아무래도 과도한 심력을 쓰느라 내상을 입은 모양이었다.

"내 능력으로는 역부족이었소. 살상진은 아닌데 엄청난 환상이 난무하더이다."

씁쓸히 웃으며 운기조식에 돌입하는 화무린.

그때부터 목우형의 안색이 서서히 변해갔다.

'으음…… 공동파 삼대(三代) 제자 중에서 열 손가락 안에

든다는 화 형이 진법 하나 때문에 저렇게 고전할 정도라면......'

사실 이 일은 길게 고민할 필요가 없는 일이었다.

무인에게 있어 가장 중요한 건 진법 지식이 아니라 무공이었으니. 때문에 파훼하기 어려운 진법이 설치되어 있다면 여기서 발길을 돌려 버리면 그만이다.

그런데 자신과 줄곧 비교되던 화무린이 실패하는 걸 본 때문일까?

"혹시 모르니 나도 한번 도전해 보리다!"

그 말과 함께 목우형이 진 안으로 뛰어들었다.

주옥란이 미처 말리기도 전이었다. 하지만 모두에게 의외였던 건 목우형이 아니라 주옥란이었다.

조금 전까지만 해도 진법에 조예가 없다며 공개적으로 목우형을 타박하던 그녀가, 막상 목우형이 진 안으로 뛰어들자 태연한 표정으로 그의 뒷모습을 바라보는 게 아닌가.

마치 그라면 금방 진을 파훼하고 돌아올 것이라는 듯.

실제로 주옥란은 연성걸처럼 자기 사형에 대한 두터운 믿음을 갖고 있었다.

겉으로는 아옹다옹하는 것 같지만 실상은 어느 누구보다도 서로 믿고 의지하는 사이였던 것이다.

하지만......

주옥란의 믿음과 달리 목우형은 한참이 지나도 돌아오지

않았다.

운기조식을 마친 화무린이 걱정이 되어 다시 진 안으로 뛰어들 때까지도 말이다.

'그래도 저는 믿어요. 본 파 속가제자들 중에서 장문인께 직접 현철중검(鉉鐵重劍)을 하사받은 사람은 사형뿐이잖아요. 그러니 무슨 일이 벌어져도 무사히 돌아오실 것이라 믿어요. 정말로……'

주옥란은 두 손을 모아 쥐며 뚫어져라 전면을 주시했다.

금수련은 그런 주옥란의 어깨를 끌어안으며 함께 시선을 고정했다.

그러나 무저갱에 빠진 듯 아무 소식이 없는 두 사람.

'이거, 이러다 나까지 들어가 봐야 하는 거 아냐?'

연성걸이 긴장한 표정으로 고민하는 찰나,

쿠웅!

갑자기 땅이 흔들리고 일진광풍이 불었다.

"아! 사형!"

"두 분, 괜찮아요?"

마침내 두 사람이 돌아왔다.

생사대적을 만난 듯 탈진한 두 사람.

장내에 도착하자마자 비틀거리며 운기조식부터 취했다.

"도대체 어떤 진법이었기에……?"

"그러게 말이에요."

이때까지는 몰랐지만, 두 사람이 돌아오자 관제묘가 바로 코앞에 보였다. 즉, 두 사람이 탈진지경에 이르고 난 뒤에야 겨우 진이 해체된 것이다.

"이제… 안으로 들어가 보죠."

두 사람이 운기조식을 마치자 연성걸이 앞장서서 계단을 올랐다.

모두에게 신호를 보냄과 동시에 신중하게 좌우를 살피던 그는 사당 입구에 이르러 번개같이 문을 걷어찼다.

순간,

캬악!

날카로운 괴성과 함께 뭔가가 불쑥 튀어나왔다.

깜짝 놀란 연성걸은 본능적으로 검을 휘둘렀다.

쉬쉬쉭!

섬뜩한 기음을 발하며 공간을 난자하는 일곱 줄기 광채!

그때 뒤쪽에 있던 화무린이 소리쳤다.

"사제, 검을 거두게!"

그 말이 떨어지자마자 검광(劍光)이 흔적없이 사라졌다.

실로 기쾌무비한 출수(出手)요, 납검(納劍)이었으나, 정작 검을 펼친 연성걸의 표정은 수치로 붉게 달아올라 있었다.

'이런 망신이……!'

뒤늦게 정신을 차려보니 괴영의 정체는 사람이 아니라 금빛 털을 가진 작은 원숭이에 불과했다.

사문이 자랑하는 칠살검법(七殺劍法)을 펼치고도 원숭이 한 마리 죽이지 못하다니.

연성걸은 너무 어이가 없어 지붕 위에 숨은 원숭이를 잡아 먹을 듯 노려봤다.

그때 금수련의 목소리가 들려왔다.

"어머, 저 원숭이는 균현에서 봤던 바로 그 원숭이예요!"

'균현에서 봤던 원숭이? 그럼 설마……?'

설마가 아니었다.

안력을 모아보니 사당 안쪽에 삐쩍 마른 흑마가 보인다.

'제기랄, 하필이면……!'

연성걸은 인상을 찌푸리며 좌우를 둘러봤다.

그의 내심을 짐작한 듯 금수련이 중얼거렸다.

"말과 원숭이는 여기 있는데 주인은 어디로 갔지?"

그 말이 끝나자마자였다.

휘익!

등 뒤에서 뭔가가 날아왔다.

"흡?"

연성걸은 바짝 긴장하며 재차 검을 날리려 했다.

그러나,

쿵……!

육중한 진동음과 함께 멧돼지 한 마리가 떨어져 내렸다. 뒤이어 흐릿한 달빛을 맞으며 누군가가 나타났다.

"손님이 오셨군."

낮은 목소리로 중얼거리며 안으로 들어서는 사내.

묵자후였다.

너무나도 태연한 묵자후의 등장에 삼남이녀는 곤혹스러운 듯 서로를 마주 봤다.

…….

잠시 침묵이 흐르고,

"이런 지미!"

연성걸이 가장 먼저 반응을 보였다. 짤막한 욕설을 내뱉으며 묵자후 앞을 막아선 것이다.

하지만 그는 이내 뒤로 물러날 수밖에 없었다.

"선객이 계셨구려."

화무린이 그의 어깨를 잡으며 앞으로 나선 때문이었다.

"아침에는 경황이 없어 그냥 지나치고 말았습니다. 혹시 그 일로 기분이 상하지는 않으셨는지?"

그 말에 연성걸은 입술을 삐죽였다.

'아침의 일. 그까짓 게 무슨 큰 잘못이라고 사형은…….'

그러나 기억도 안 난다는 듯 고개를 가로젓는 묵자후를 보고 겨우 입을 다물었다.

하지만 이어지는 화무린의 음성.

"그렇다면 다행이구려. 우리는 산을 넘다가 불빛을 보고 여기까지 오게 됐소이다. 사해(四海)는 동도(同道)라 했으니 어쩌겠소? 피차 불편하더라도 양보하고 함께 밤을 지내기로 합시다."

실로 명문 제자다운 자연스런 화법이었지만 연성걸은 도저히 수긍할 수 없었다.

"사형, 왜 저깟 놈에게 저자세를 보이시는 겁니까?"

벌컥 화를 내며 묵자후를 쏘아보는 연성걸.

"이봐! 네놈이 이곳에 진법을 펼쳤더냐? 대답해 봐!"

그 말과 함께 검갑을 툭툭 쳐 보인다. 마치 대답 여하에 따라 목을 날려 버리겠다는 듯.

누가 봐도 고압적인 자세였지만 연성걸이 이렇게 행동한 이유가 있었다.

'아침의 일도 있고 진법 때문에 고생한 것도 있지만, 강호를 종횡하는 무인들 중 도를 다루는 고수는 매우 드물지.'

특히 구대문파나 오대세가 소속이 아닌 도를 사용하는 또래 고수는 거의 전무하다시피 했다. 때문에 묵자후 허리춤에 걸린 도갑을 보고 은근히 얕보는 마음이 들어 금수련이나 주옥란이 보는 앞에서 기를 죽여놓으려 한 것이다. 백일도(百日刀), 천일창(千日槍), 만일검(萬日劍)이라는 말이 괜히 생긴 게 아니니.

그러나 묵자후는 전혀 기가 죽지 않았다.

"흠……. 겁이 없는 데다 무척 경솔한 친구로군."

싸늘한 비웃음을 흘리며 보란 듯 등을 돌리더니 천장으로 넘어와 있는 금후를 안고 태연히 뒤돌아선다.

"이, 이놈의 자식이 나를 무시해?"

연성걸은 어이가 없어 이글거리는 눈빛으로 묵자후를 노려봤다.

그러나 여전히 태연자약한 묵자후.

"훗. 겁이 없는데다 경솔하고 자존심까지 강한 친구로군. 모든 재앙은 입에서 비롯되거늘……."

"뭐, 뭐야? 이 기생오라비 같은 자식이 감히 누구에게 훈계를?"

싸늘한 묵자후의 조소에 화가 머리끝까지 오른 연성걸.

강한 살기를 내뿜으며 검을 뽑으려 했다. 그런데,

"연 사형, 참으세요."

"그래요, 연 소협께서 흥분을 좀 가라앉히세요."

두 소녀가 동시에 만류한다.

뿐인가?

"두 사람 말이 옳네. 연 사제가 참으시게. 엄밀히 말하면 그가 주인이고 우리가 손님인 상황이 아닌가."

목우형까지 끼어들어 염장을 지른다.

"목 사형! 저놈은 제가 묻는 말에 대답하지 않았습니다. 그리고 건방지게 저를 비웃었을 뿐만 아니라 감히 훈계를 하고, 등 뒤에서 저 흉물을 집어 던졌단 말입니다."

연성걸이 화가 나서 소리쳤지만 그의 편을 들어주는 사람은 아무도 없었다.

"연 사형, 저 소협이 일부러 시비를 걸려고 그러신 건 아닌 것 같아요."

"그래요. 보아하니 사냥을 다녀오신 것 같은데, 진법을 펼친 것도 그 때문인 것 같아요. 저기 있는 말과 원숭이를 보호하려구요."

"끙⋯⋯. 그렇다 하더라도 놈의 태도가 너무 안하무인이잖소?"

"됐다. 거기까지."

결정타는 그가 믿고 따르는 화무린이었다.

"목 형과 두 분 소저의 말씀이 옳다. 우리가 불청객 입장인 바에야 크게 따질 것도 다툴 것도 없는 일이다. 그러니 사제가 먼저 사과를 드리도록 해라."

"사형!"

"사제 심정을 모르는 건 아니다. 그러나 부유부쟁고무우(夫唯不爭故無尤)*라 했다. 그리고 본 문의 주된 가르침이 무엇이더냐? 치허극(致虛極), 수정독(守靜篤)*이라. 그만 자중하고 사문의 품위를 지키도록 해라."

"끙⋯⋯. 알겠습니다, 사형."

---

* 부유부쟁고무우(夫唯不爭故無尤):오직 다툼이 없으므로 잘못을 범하지 않는다.
* 치허극(致虛極), 수정독(守靜篤):완전하게 공허함을 유지하고 완전하게 고요함을 지킨다.

불같이 화를 내다가도 화무린이 한마디 하면 억지로라도 참는 연성걸.

"미안하게 됐다. 하지만 너, 운 좋은 줄 알아."

그다운 방식으로 마지못해 사과를 했다.

옆에서 보고 있던 금수련이나 주옥란 등은 어이없어했지만, 어쩌겠는가? 그게 그의 마지막 자존심인걸.

그러나,

'훗, 누가 운이 좋은 줄 모르겠군.'

피식 웃으며 추풍에게 다가가는 묵자후.

그의 손끝에 맺혀 있던 강기가 스르르 사라졌다는 사실을 알았다면 연성걸의 표정은 어찌 변했을까?

다행히 그걸 본 사람은 아무도 없었고, 분위기는 차츰 누그러졌다.

제33장

의혹

魔道

道

天下

화르르…….

불길이 벌겋게 타들어갔다.

밤은 점점 깊어갔고, 멀리서 산짐승 울음소리가 들려왔다.

서로 거리를 두고 떨어져 앉은 묵자후와 삼남이녀.

그들 사이엔 아무 대화도 오가지 않았다. 때문에 사당 안에
는 어색한 침묵이 흘렀고, 들리는 소리라고는 잔가지 타들어
가는 소리뿐이었다.

타닥, 타닥…….

빨간 불씨를 튀기며 벌겋게 달아오르는 불길. 그리고 그 옆
에 쓰러져 있는 멧돼지를 보니 화무린 일행은 차츰 허기가 느

꺼졌다. 하긴 단봉을 지나면서 요기를 한 뒤 지금까지 아무것도 먹지 못했으니 당연히 배가 고플 수밖에 없다. 그러다 보니 모두의 눈길은 모닥불 옆에 있는 멧돼지에게로 향했다.

마음 같아서는 저 멧돼지라도 구워 먹고 싶은데 자기들이 잡은 게 아니기에 뭐라고 말하기가 애매했다. 그래서 속으로 끙끙 앓고 있는데 갑자기 묵자후가 자리에서 일어났다.

손에 작은 칼을 들고 멧돼지에게 다가가는 걸 보니 드디어 놈을 요리할 모양이다.

"꿀꺽!"

주옥란은 입에 침을 삼키며 묵자후의 손을 주시했다.

바닥에 떨어져 있는 나뭇가지를 주워 빠른 속도로 잔가지를 쳐내는 묵자후.

'역시!'

예상대로 되어간다 싶어 주옥란은 눈을 반짝였다.

그런데,

'어머? 저게 뭐야?'

기가 막혀 말이 나오지 않았다.

세상에 저런 요리법이 어디 있단 말인가?

털도 벗기지 않고 내장도 빼지 않은 멧돼지를 통째로 나뭇가지에 꿰어 떡하니 모닥불 위에 얹어버린다. 그리고는 할 일을 마쳤다는 듯 손을 툭툭 털며 제자리로 돌아가 버린다.

'설마, 저게 끝이란 말이야?'

주옥란은 어이가 없어 시커멓게 타들어가는 멧돼지와 묵자후를 번갈아 가며 쳐다봤다.

'저렇게 하면 겉만 타고 속은 익지 않는데…… 그리고 피도 빼지 않고 내장도 솎아내지 않았으니 노린내가 심하게 날 텐데……'

너무 곤혹스럽다 보니 표정 관리가 되지 않았다.

저럴 거면 차라리 굽지를 말든지.

사람 약 올리는 것도 아니고 저게 뭐 하는 짓이란 말인가?

털이 타들어가면서 사당 안을 가득 메우는 시커먼 연기.

"콜록, 콜록!"

주옥란은 기침을 터뜨리다가 자리에서 벌떡 일어났다.

'저 왈가닥이 또 무슨 사고를 치려고?'

불안하게 자신을 바라보는 사형의 시선이 느껴졌다. 그러나 주옥란은 심호흡을 하며 묵자후에게 말을 건넸다.

"저기요, 혹시 저 고기, 구우실 건가요?"

스스로 생각해도 깜짝 놀랄 용기였다.

그가 무시하면 어떡하나 염려스러웠는데 다행히도 고개를 끄덕여 준다.

"그럼 제가 대신 구워도 될까요? 보아하니 요리를 전혀 해 보신 적이 없으신 것 같은데……."

속으로 조마조마했지만, 이번에도 고개를 끄덕여 준다.

"좋아요. 사형! 저 좀 도와주세요."

주옥란은 즉시 목우형을 불렀다.

목우형이 펄쩍 뛰며 고개를 저었지만 새침한 눈빛으로 압박했고, 이후, 모닥불 위에서 통째로 타고 있는 멧돼지를 들어 밖으로 끄집어낸 뒤, 목우형으로 하여금 이미 타버린 부위를 베어내고 배를 갈라 내장을 솎아내게 했다. 그리고 그 안을 솔잎으로 채운 뒤 피륙에 칼자국을 냈다.

"혹시 일행이 있으신가요?"

멧돼지를 다시 사당 안으로 들이며 주옥란이 물었다.

"아니오."

"그럼 왜 이 큰 놈을……?"

"눈에 보이기에 잡은 것뿐이오."

"그래요?"

주옥란은 잠시 고민하는 척하다가 웃으며 말했다.

"그럼… 이렇게 하면 어떨까요? 어차피 밤이 깊었으니 저희가 양념과 술을 보탤게요. 대신 소협께서는 이놈을 좀 나눠 주세요. 상부상조하자는 말이죠."

"좋을 대로 하시오."

선선히 동의하는 묵자후를 보며 주옥란은 작전 성공이라는 듯 일행을 향해 눈을 찡긋했다. 그러자 목우형과 금수련, 화무린 등은 예상했던 바라 고개를 끄덕였지만, 연성걸은 못마땅하다는 듯 눈살을 찌푸렸다. 왠지 자존심이 상해서였다.

그러나 여기 있는 사람들 모두가 먹고 남을 만한 고기가 있는데 마다한다는 것도 우습고, 그게 싫어 이 밤중에 먹을 것을 찾아 사냥하러 나간다는 것도 우스운 일이었다. 거기다 두 사람의 대화를 들어보니 묵자후 역시 아무 생각 없이 노숙을 결정했고 또 운 좋게 멧돼지를 잡은 것 같아 크게 체면 상할 일은 아니라는 생각이 들었다.

"멧돼지 구이라……. 눈먼 멧돼지로 배를 채우긴 또 처음이군."

괜한 트집을 잡으며 연성걸은 고개를 끄덕였다.

"다 좋은데, 앞으로는 외인과 상의없이 음식을 나눠 먹는 일이 없었으면 좋겠소."

"네. 죄송해요, 연 사형. 앞으로는 이런 일이 없도록 주의하도록 할게요."

생긋 웃으며 대답하는 주옥란.

하지만 속으로는 '밥맛!' 이라고 소리쳤다.

'그가 자기 사형 반이라도 따라갔으면…….'

처음에는 자신만만한 그의 태도에 호감을 느꼈지만 시간이 갈수록 점점 연성걸이 실망스럽게 느껴지는 주옥란이었다.

아무튼, 그다음부터 상황은 일사천리로 흘러갔다.

일행의 짐을 뒤져 후추와 소금 등의 향신료를 찾아 멧돼지 고기 위에 뿌리는 주옥란.

주옥란의 등쌀에 못 이겨 모닥불 위에 놓인 멧돼지를 빙글 빙글 돌리며 인상을 찡그리는 목우형.

그 옆에서 다 익은 부위를 잘라 화무린이 구해온 넓은 풀잎 사귀에 올려놓는 금수련.

금수련이 주는 고기를 받아 사당 주위에서 구해온 나무로 키 낮은 탁자를 만드는 연성걸에게 넘겨주는 화무린.

금후는 그 옆에서 캬캬거리며 날뛰었고 묵자후는 그런 금후를 말리느라 곤욕을 치렀다.

추풍은 고기가 익든 말든 한구석에서 콧김을 푸룽푸룽 내뿜으며 졸다가 깨다가를 반복했고, 그러는 동안 상이 완성되었다.

"남자분들은 산서분주, 우리는 죽엽청이에요. 금 언니가 준비해 오신 거랍니다."

"와아!"

"역시 금 소저!"

상이 차려진 뒤 주옥란이 술을 가져오자 목우형 등이 환성을 지르며 엄지를 치켜 보였다. 이후, 나무토막을 파내어 만든 잔이 놓이고, 생나뭇가지로 만든 젓가락이 차례로 놓이자 화무린 일행은 각자 자리를 잡고 앉기 시작했다.

"그런데 저분 소협은 어떻게……?"

혹시 모자랄까 싶어 고기를 좀 더 가져오던 금수련은 깜빡 잊었다는 듯 묵자후를 가리키며 주옥란에게 귀엣말로 물었다.

"어머!"

그러고 보니 묵자후 입장을 생각하지 못했다.

자기들이야 모두 일행이니 한자리에 앉아도 상관없지만 묵자후는 얼마나 난처하겠는가?

같이 앉자니 어색하고 따로 앉자니 모양새가 우스워진다.

'알고 보니 그가 많은 양보를 했구나.'

속으로 감탄하면서도 약간 기분이 상했다.

자기들이 한자리에 앉든 말든 별 신경을 쓰지 않고 원숭이만 돌보고 있는 묵자후 때문이었다.

'쳇! 나나 금 언니 같은 미인보다 원숭이가 더 좋다는 거야, 뭐야?'

이때까지 어떤 이유를 갖다 붙여서라도 자기 옆에 앉고 싶어하거나 대화를 나누고 싶어하던 남자들에게 익숙한 주옥란은, 생전 처음으로 자기가 한 남자의 관심의 대상이 되지 못하고 있다는 사실에 무척 자존심이 상했다.

그러나 어쩌겠는가?

일부러 합석하자고 하기엔 남들 눈이 신경 쓰인다. 또한 그 역시 굳이 합석을 원하지 않는 것 같아 따로 술과 고기를 갖다 줬다. 그리고 눈인사를 한 뒤 돌아서는데, 갑자기 화무린의 목소리가 들려왔다.

"이렇게 만난 것도 인연인가 보오. 덕분에 좋은 음식을 먹게 되었으니 감사의 뜻으로 한 잔 올리겠소."

그 말과 함께 화무린이 잔을 날렸다.

허공을 가르며 두둥실 날아가는 술잔.

주옥란은 감탄한 표정으로 눈을 휘둥그레 떴다.

'과연 화 사형이로구나! 그가 공동오수(崆峒五秀) 중 제일 강할지 모른다더니!'

진기로 멀리 있는 사람에게 술잔을 보내는 것. 그것도 술 한 방울 흘리지 않고 저렇게 느린 속도로 보낼 수 있다는 건 화무린의 공력이 거의 이 갑자(二甲子)에 도달했다는 뜻.

'가벼운 듯 보이지만 막강한 진기가 담긴 술잔인데, 과연 그가 받아낼 수 있을까?'

주옥란은 걱정 반 기대 반으로 묵자후를 바라봤다.

그러나,

"사양하지 않겠소."

그 말과 함께 태연하게 손을 뻗는 묵자후를 보고 하마터면 '안 돼요'라고 소리칠 뻔했다.

'바보! 그렇게 잡으면 손이 부러지고 말잖아!'

주옥란은 속이 상해 고개를 돌려 버리고 말았다.

반면, 연성걸은 한껏 눈을 빛냈다.

'역시 겉모습만 번지르르한 놈이었군! 어디, 사부님께서도 감탄하신 화 사형의 중자결(重字訣) 공력에 손목이 박살나 보라지.'

희색만연하여 묵자후의 비명을 기대하는 연성걸.

그에 비해 목우형과 금수련은 호기심 어린 눈빛으로 묵자후를 바라봤다.

이미 진법으로 자신들을 놀라게 한 묵자후였으니 어떤 수법으로 화무린의 잔을 받아낼까 궁금했던 것이다.

그러나 모두의 예상을 깨는 황당무계한 일이 벌어졌다.

"이런 말썽꾸러기 녀석! 네가 대신 권주를 받아버리면 어떡하자는 거야?"

곤혹스러운 듯 인상을 찡그리는 묵자후.

모두의 눈에 경악이 어렸다.

'이건… 말도 안 돼!'

주옥란은 자기 눈을 의심했다.

묵자후가 잔을 받으려는 찰나, 그 품에 안겨 있던 원숭이가 대신 잔을 받아버린 것이었다.

'설마, 화 사형의 공력을 저 원숭이가 받아냈다는 거야?'

주옥란은 도저히 믿어지지가 않아 화무린을 쳐다봤다.

의외로 화무린은 덤덤한 표정이었다.

자기가 날린 잔을 원숭이가 대신 받았음에도 불구하고 무슨 일이 있었냐는 듯 안색에 변화가 거의 없었던 것이다.

'그럼 뭐야? 화 사형이 마지막 순간에 공력을 풀어버린 건가?'

주옥란이 어리둥절하여 고개를 갸웃거리고 있을 때,

"좋은 술이군. 잔을 받았으니 돌려 드리는 게 예의겠지."

나직한 묵자후의 음성이 들려왔다.

금후에게서 잔을 빼앗아 입 안에 털어 넣은 묵자후가 빈 잔에 술을 따르고 있었다.

모두의 시선이 또 한 번 집중됐다.

'그는 어떤 수법으로 잔을 건넬까?'

각자 묵자후 입장이 되어 생각해 봤다.

그러나 촌각도 지나지 않아 모두의 얼굴에 실망이 어렸다.

화무린처럼 공력으로 잔을 날리는 게 아니라 원숭이에게 잔을 쥐어 보낸 때문이었다.

컉컉거리며 잔을 들고 오는 금후.

불만 어린 표정으로 뒤뚱뒤뚱 다가오는 그 모습이 어찌나 귀엽던지 주옥란과 금수련은 자기도 모르게 픽 하고 웃어버렸다.

그때부터 분위기가 다소 부드러워졌다.

익살맞은 표정으로 모두에게 술과 고기를 권하는 목우형.

사양하지 않고 술잔을 비우는 주옥란과 금수련.

방금 전의 불쾌함을 털어버리려는 듯 멧돼지 고기를 입 안 가득 베어 무는 연성걸.

향긋하면서도 톡 쏘는 멧돼지 특유의 맛에 모두 감탄하고 있을 때, 묵묵히 술잔을 기울이던 화무린이 다시 입을 열었다.

"혹시 결례가 아니라면 존성대명은 어찌 되는지, 그리고 사승은 어찌 되는지 알고 싶소이다만……."

다소 딱딱하게 들리는 화무린의 음성.

주옥란은 그제야 깨달을 수 있었다.

조금 전에 화무린이 공력을 거둔 것이 아니라는 사실을.

'그렇다면 원숭이를 이용해 공력을 흘려 버렸다는 말인가? 어떻게 그런 말도 안 되는 일이?'

도무지 상상이 가지 않는 일이었으나 그게 사실인 모양이었다. 그렇지 않다면 강호 예법을 중시하는 화무린이 자기 신분도 밝히지 않고 외인에게 먼저 이름과 사승을 물을 까닭이 없고, 또 그가 질문을 던지는 순간 과장되게 웃고 있던 자기 사형이 굳은 표정으로 묵자후를 바라볼 까닭이 없으니.


'이름과 사승을 알고 싶다고?'

묵자후는 마시고 있던 술잔을 내려놓으며 조용히 화무린을 쳐다봤다.

'꽤 마음에 드는 친구였는데 실망이로군. 마음대로 진을 뚫고 들어와 공력이 담긴 술잔을 던지더니, 이제는 내 이름과 무공의 연원을 밝히라니…….'

물론 강압적인 요구는 아니었다.

하지만 착 가라앉은 눈빛으로 대답을 기다리는 화무린.

맑게 빛나던 그의 눈에 은은한 냉기가 서려 있다.

무얼 경계하는 것일까?

만약 묵자후가 아닌 다른 사람이었다면 그 눈빛에 강한 압박을 느꼈으리라.

"꼭… 대답해야 할 의무가 있나?"

묵자후가 다시 술잔을 들어 올리며 묻자 화무린의 안색이 짧게 흔들렸다.

"그건 아니지만… 역시 결례였던 모양이구려. 오해는 하지 마시오. 이곳으로 오는 도중에 들은 소문이 있어 물어본 것뿐이니."

"소문?"

"아아, 분위기가 너무 딱딱하군. 그 이야기는 내가 대신 해 주면 안 되겠소?"

갑자기 목우형이 끼어들었다. 그러자 묵자후의 기도에 왠지 모를 위축감을 느끼고 있던 화무린이 웃으며 고개를 끄덕였다.

"목 형이 나서주신다면 저로서는 환영이지요."

화무린이 한발 물러서자, 탁자 위에 놓인 잔을 입 안으로 털어 넣은 목우형이 캬아, 소리를 내며 입을 열기 시작했다.

"혹시 귀하도 들었는지 모르겠지만, 며칠 전 호북과 호남이 한바탕 뒤집어졌다오."

"……."

"그 소문은 장사에서부터 시작됐는데, 어느 날 장사를 주름잡던 염효 집단에 일대 비상이 걸렸다 하오. 누군가에게 망신을 당했는지 급히 고수를 불러 모은 그들은 밤을 새워 동정 호로 달려갔는데, 놀랍게도 그들 모두가 동정호에서 이름 모를 고수를 만나 떼죽음을 당하고 말았다오. 그런데 더 놀라운 것은 그들이 몰살당한 현장에 정체불명의 인물들이 시체로 변해 있었다는 사실이오. 그들의 정체는……."

가만히 들어보니 자기 이야기였다.

'강호의 소문은 천리마보다 더 빠르다더니!'

묵자후는 번개같이 퍼지는 소문의 속도에 내심 감탄했다. 자신이 동정호를 떠나온 지 며칠이나 됐다고…….

"하지만 놀라운 건 전왕에 관한 소문이 아니라오."

어느새 동정호 이야기를 마친 목우형이 계속 말을 이어나 갔다.

"도마(刀魔)와 요마(妖魔)에 관한 이야기가 요즘 더욱 화제 가 되고 있소."

"도마와 요마?"

"그렇소. 악양제일의 주루이자 도박장인 숭양루. 그 뒤에 는 악양의 밤거리를 장악한 사파 세력이 있소. 그런데 며칠 전, 숭양루를 돌봐주고 있던 흑도 놈들이 잔인하게 살해됐소. 또한 며칠이 지난 뒤, 같은 장소에서 현장을 조사하고 있던 관부 사람들과 강호인 육십여 명이 묘령의 소녀를 만나 어이 없이 죽임을 당하거나 큰 부상을 당했소. 그 두 사람을 각각 도마와 요마라 부른다오."

그러면서 슬쩍 묵자후의 옷차림과 도갑을 훑어본다.

"그럴 리는 없겠지만… 혹시 귀하가 소문의 그 주인공이 아닌가 싶어 이름과 사승을 물어본 것이라오. 흑의에 묵도, 그리고 젊고 준수한 용모를 지녔다기에."

'흠, 그랬었군.'

묵자후는 천천히 고개를 끄덕였다.

'환마에, 전왕에 도마라……. 며칠 만에 다양한 별호가 따라다니는군.'

속으로 씁쓸하게 웃던 묵자후는 무슨 생각이 들었는지 인상을 찡그렸다.

'그런데 이야기를 들어보니 요마라 불리는 소녀는 흑오인 것 같군. 숭양루까지 왔다는 걸 보니 배불뚝이 중에게서 무사히 벗어난 것 같은데 무슨 일로 살겁에 휘말렸을까? 육십 명이나 되는 강호인들과 싸웠다면 몸이 성치 않을 텐데…….'

묵자후의 뇌리에 '이온, 이온' 하며 따라다니던 흑오의 얼굴이 떠올랐다.

녀석이 겁먹은 표정으로 자기를 찾고 있다고 생각하니 가슴이 쓰라려 왔다.

하지만 악양으로 돌아가자니 천 리 길도 넘고, 녀석이 계속 거기에 머물고 있는지도 확실치 않았다.

'현재로서는 녀석이 별 탈 없이 내 뒤를 따라오기만 바랄 수밖에…….'

묵자후는 복잡한 심정을 달래려는 듯 잔을 들이켰다.

목우형은 그런 묵자후의 표정 변화를 유심히 살피고 있다가 싱긋 웃으며 말했다.

"이렇게까지 말해줬는데도 이름과 사승을 안 밝히실 작정이오?"

그 말에 묵자후의 안색이 차갑게 굳어갔다.

'정말 유들유들한 사람이로군.'

묵자후가 아는 상식으로 상대의 이름이나 출신을 물어보려면 먼저 자기 신원부터 밝혀야 한다. 특히 다수일 때는 더더욱 그래야 한다. 그런데 줄곧 남의 신원만 밝히려드니 은근히 짜증이 났다.

하지만 웃는 얼굴에 침 못 뱉는다고, 빈 잔에 술을 채우며 지나가듯 말했다.

"내 이름을 밝히는 건 문제가 아닌데 사승까지 밝히라는 건 좀 지나친 것 같군."

그 말이 끝나기 무섭게 저 뒤에 있던 연성걸이 끼어들었다.

"지나치다고? 후후, 뭔가 찔리는 게 있는 모양이지?"

목우형은 갑자기 끼어드는 연성걸을 보고 인상을 찌푸렸지만 묵자후는 별 상관없다는 듯 가볍게 대답했다.

"찔리는 건 없는데 워낙 여러 사람에게 배워서 말이야."

"호? 그러셔? 과연 몇 사람에게 배웠기에 이렇게 배짱을 튕기실까?"

"글쎄, 한 이천 명쯤 되려나?"

"뭐라고? 이천 명? 푸하하하하! 그 말을 우리더러 믿으라는 거냐? 이거, 완전히 허풍선이 사기꾼 같은데요, 사형?"

"말이 심하다, 사제!"

자꾸 묵자후를 자극하는 연성걸에게 호통을 친 화무린은 미안하다는 표정으로 묵자후를 바라봤다.

"방금 전에도 말했지만 억지로 캐물으려는 의도는 없소. 그러나 떠도는 소문도 있고 하니 존성대명이라도 밝혀주면 고맙겠소."

"그거야 어려울 것 없지. 하지만 묻는 사람이 먼저 밝히는 게 예의 아닌가?"

그 말에 연성걸이 또다시 끼어들었다.

"이거 정말 오만이 하늘을 찌르는 놈이군. 네놈 따위가 뭐라고 우리가 먼저 이름을 밝혀?"

"됐다, 사제. 가만히 생각해 보니 우리가 먼저 밝히는 게 옳다. 내가 그 생각을 미처 못했어."

"아니, 사형?"

연성걸이 뭐라고 불만을 토하려 했으나 매서운 눈길로 그를 쏘아본 화무린이 정중하게 포권을 취하며 자기소개를 했다.

"소개가 늦어서 죄송하오. 공동파 속가제자 출신으로, 강호 친구들이 담화검(潭和劒)이라는 과분한 칭호를 안겨주었소."

"쳇, 나는 그분의 사제, 선풍검(旋風劍)이라고 한다."

두 사람이 자기소개를 마치자 목우형과 주옥란이 포권을 보내왔다.

"저는 우진검(羽振劍)이라 하오. 화산파 속가제자요."

"저는 아직 별호가 없어요. 사형들이 장난삼아 매향선자(梅香仙子)라고 부르는데, 나중에 매향검(梅香劍)이 제 별호가 되었으면 좋겠어요."

네 사람의 소개가 끝나자 묵자후의 안색이 딱딱하게 굳어 갔다.

'공동파와 화산파라고? 후후, 원수는 외나무다리에서 만난다더니!'

구대문파 무인들은 천금마옥 마인들에게 있어 철천지원수나 마찬가지다.

특히 화산파는 뇌존 탁군명의 사문이 아니던가?

묵자후는 고요한 눈빛으로 네 사람을 쳐다봤다.

아직 공력을 일으키기 전인데도 묵자후의 전신에서 섬뜩한 기운이 흘러나왔다.

그걸 느꼈는지 목우형과 화무린이 어깨를 움찔했고, 그런 두 사람을 보며 연성걸과 주옥란은 어리둥절한 표정을 지었다. 그때 금수련이 수줍게 포권을 취하며 자기소개를 했다.

"저는 항산파(恒山派)에서 잠시 무공을 배웠어요. 정식으로 강호 활동을 하지 않아 별호는 없고, 산서에서 은월상단을 운영하시는 아버지 밑에서 일을 배우고 있어요. 예전에는 금화상단(金花商團)이라고 불렸었죠."

그 말이 끝나자마자 묵자후의 안색이 크게 흔들렸다. 동시에 묵자후의 전신에서 흘러나오던 숨 막히던 살기가 씻은 듯이 사라졌다.

"방금… 뭐라고 하셨소? 금화상단… 금화상단이라고 하셨소?"

"네. 아주 예전 이름인데, 들어본 적이 있으신 모양이군요."

"들어본 적이… 있죠. 있고말고요."

묵자후의 눈자위가 살짝 충혈됐다.

금화상단.

그 이름을 어찌 잊을 수 있을까.

강호와 전혀 상관없는 대부호의 딸로 태어나 천하가 손가락질하는 마인과 몰래 혼사를 치른 여인.

그 사랑을 지키기 위해 스스로 얼굴을 망가뜨리고 자살 소동까지 벌여가며 그 마인이 있는 지옥으로 뛰어든 여인.

그녀가 평생 그리워했고 보고 싶어했던 곳을 어찌 잊을 수 있겠는가?

"노야께서는… 함자가 금 자(金字), 적 자(積字), 산 자(山字)인 어르신께서는… 별래무양하신지?"

묵자후는 심중의 격동을 다스리며 외조부의 안부를 물었다.

"금 자, 적 자, 산 자라면 제 조부님이신데, 조부님의 함자를 어찌?"

"아, 예전에… 들은 적이 있습니다. 아주 호방하신 분이라고… 가족을 무척 아끼시는 분이라고 들었습니다."

"어머. 어느 분이 그런 말씀을 하셨을까? 제 조부님이시지만 성격이 불같으셔서 저는 조금 어려워하는 편이에요."

"그렇… 군요. 아직 정정하시죠?"

"그게…….'

금수련의 안색이 서서히 흐려졌다.

"제가 태어날 때쯤부터 병석에 누우셨어요. 최근 들어 병환이 더 깊어지셨는지… 사람을 잘 못 알아보세요."

"……!"

묵자후는 가슴속에서 납덩어리가 쿵! 떨어져 내리는 기분이었다.

"어떤 병이시기에, 아니, 얼마나 안 좋으시기에?"

그 질문에 금수련이 고개를 가로저었다.

"그건 집안일이라 말씀드리기가 곤란하군요."

"아, 죄송합니다. 제가 너무 경솔했군요."

"아니에요. 그런데, 어느 분께 조부님의 함자를 들으셨는지? 가족이 아니면 절대 알지 못하는 사실인데…….'

"그게……."

묵자후가 난처한 표정으로 대답을 고민하고 있을 때였다.

"흥, 너무하신 거 아니에요?"

갑자기 주옥란이 새침한 눈빛으로 묵자후를 흘겨봤다.

"저희들은 모두 소개를 마쳤는데 정작 소협께서는 이름도 밝히지 않고 남의 집안 이야기를 캐물으시는군요. 너무 심하다고 생각지 않으세요?"

잔뜩 날이 선 목소리.

두 사람이 다정하게 이야기를 나누는 듯하자 질투가 난 모양이었다.

"아! 그렇군. 내 이름은 묵자후라고 하오."

주옥란의 힐난에 묵자후는 자기소개를 했다.

너무나도 간단한 소개라 듣고 있던 사람이 허탈할 지경이었다.

"그랬군요. 묵 공자셨군요……. 만나서 반가웠어요."

그 때문인지 주옥란은 찬바람을 날리며 고개를 휙 돌렸다.

다른 사람들도 어이없기는 마찬가지였다.

고작 그 이름 하나 듣자고 이렇게 실랑이를 벌였단 말인가?

"휴… 모처럼 술을 마셔서 그런지 머리가 아프네요. 혹시 재미있는 이야기라도 해주실 분 안 계세요? 안 그럼 저는 주매랑 같이 벽에 기대어 잠시 쉬고 있을게요."

금수련이 분위기를 바꾸기 위해 모두를 둘러봤다. 그러자 목우형이 능글맞게 웃으며 입을 열었다.

"재미있는 이야기는 나하고 거리가 멀고, 어떻소? 괜찮으시다면 시를 한 수 읊어주겠소."

"어머? 시라구요? 좋죠. 이런 데서 목 사형의 시를 감상하게 될 줄은 몰랐어요."

"하하. 제 시는 아니고, 아무튼 한 수 읊어보리다."

목우형이 목청을 가다듬으며 느릿하게 시를 읊기 시작했다.

인생은 뿌리도 꼭지도 없이 들길에 날리는 먼지와 같도다.
흩어져 바람 따라 떠도니 이미 불변하는 몸이 아니라네.
태어나면 형제가 되는 것. 어찌 꼭 한 핏줄이어야 하리.
즐거울 땐 마땅히 풍류를 즐겨야 하니, 한 말 술로 이웃과 어울린다네.
한창 나이 다시 오지 않고, 하루에 두 새벽 오기 힘드니,
때가 이르기 전에 노력함이 마땅하도다.
세월은 사람을 기다리지 않으니.*

목우형의 낭송이 끝나자마자였다.

"쳇, 그게 뭐예요? 이왕 읊으시려면 제대로 된 시를 읊으셔

---

* 진(晋)나라 시인, 도연명(陶淵明)의 [잡시(雜詩) 12수] 가운데 첫 번째 시.

야죠."

뒤에서 주옥란이 딴죽을 걸었다.

"제대로 된 시? 그게 어떤 건데?"

"어떤 거긴요. 이렇게 청춘남녀가 모였는데 죽자고 술이나 퍼먹자는 시를 읊으시다니. 그래 갖고 어떻게 점수를 따시겠어요?"

"그, 그러냐?"

"그럼요. 이왕 읊으실 바에야, '가을바람 맑아 달이 더 밝다. 낙엽은 모였다 흩어지고, 놀란 까마귀는 머물 곳 찾아 떠돈다. 못 잊어 그리는 정, 언제나 펴볼까. 이날 이 밤에 더욱 마음 졸이네……'* 최소한 이 정도는 돼야죠."

"오! 좋은데? '못 잊어 그리는 정, 언제나 펴볼까. 이날 이 밤에 더욱 마음 졸이네' 이 부분이 특히 심금을 울리는구나."

"피, 노총각 냄새나는 사형 심금이 울어봐야 뭔 소용이겠어요? 그보다는 아리따운 금 언니 심금이 울어야지."

"윽! 이 녀석이 꼭 말을 해도!"

두 사람이 평소처럼 옥신각신하는 모습을 보이자 금수련이 입을 가리며 웃었다. 그러자 착 가라앉은 눈빛으로 묵자후를 주시하고 있던 화무린이 안색을 풀며 천천히 세 사람 곁으로 다가왔다.

"두 분의 시를 들으니 제 마음이 따뜻해지는군요. 혹시 귀

---

*당(唐)나라 시인, 이백(李白)의 삼오칠언(三五七言).

에 거슬리지 않는다면 저도 한 수 읊어보고 싶습니다
만……."

"어머? 화 사형께서요? 와아! 환영이에요. 어서 읊어보세
요. 소매가 두 눈 꼭 감고 경청할게요."

주옥란이 눈을 동그랗게 뜨며 환호성을 터뜨렸다.

평소 점잖고 예의 바르던 그가 시를 낭송하겠다니 절로 호
기심이 인 것이다.

"너무 기대는 하지 마시고……."

화무린은 탁자 위에 놓인 잔을 들고 천천히 시를 읊기 시작
했다.


저 하늘에 달이 있어 몇 해나 지냈는가.
지금 나는 잔 놓고 물어보노라.
사람은 달을 잡을 길 없어도
달은 언제나 우리를 따라오니,
거울처럼 밝은 빛이 선궁에 다다라
푸른 연기 헤치고 밝게 빛나네.
밤 따라 바다 위에 고이 왔다가,
새벽이 되면 구름 사이로 스러지니
봄가을로 약을 찧는 하얀 토끼,
선녀는 외로이 누구와 벗하는가.
옛 달을 바라본 이 지금 없어도

달은 두고두고 비치었으니,

인생은 예나 지금이나 물처럼 흘러도

달은 언제나 모두를 바라보았다.

원하거니, 노래 부르고 잔 들 때마다 달빛이여!

내 잔에 길이 쉬었다 가라.*

"와아! 너무 멋진 시예요."

"정말 근사한 시였어요. 진짜 감동적이에요."

낭송이 끝나자 두 소녀가 흥분한 듯 소리쳤다.

목우형은 열렬히 박수를 쳤고, 화무린은 무안한 표정으로 잔을 비웠다. 그러자 연성걸이 덩달아 시를 읊겠다고 나섰고, 그때부터 다섯 사람은 술잔을 기울이며 시와 인생을 노래했다. 그러다가 차츰 취기가 오르자 하나둘 강호 정세에 대해 이야기하기 시작했다.

"요즘 영웅성의 행보는 정말 이상합니다. 자꾸 강호의 일보다 황도(皇都) 쪽에 더 신경 쓰는 것 같아요."

먼저 연성걸이 영웅성 이야기를 꺼냈다.

"그야 흑마련이 주로 하북(河北) 쪽에서 활동하니까 그런 거겠죠."

주옥란이 별일 아니라는 듯 대꾸했다.

"글쎄… 그럴지도 모르겠지만, 최근 들어 관부와 너무 친

---

*당(唐)나라 시인, 이백(李白)의 대주문월(對酒問月).

하게 지내는 것 같소. 또한 흑마련을 핑계로 자꾸 세력을 확장시키려 하는 것 같아 본 파 어르신들께서 많이 걱정하고 계시오."

"그건 사실… 본 파에서도 마찬가지예요."

"음? 화산에서도 마찬가지라니? 그 이야기는 별로 믿기지 않는구려. 아무래도 팔은 안으로 굽게 마련 아니오?"

비웃듯 던지는 연성걸의 말에 주옥란은 아니라는 듯 고개를 저었다.

"안으로 굽는 게 아니라 본 파에서도 많이 걱정하고 있어요. 뇌존께서 비록 본 파 출신이라 하나 왕래가 거의 없는 형편이고, 그 와중에 너무 독자적으로 세력을 확대시키려 하는 것 같아 다들 탐탁지 않게 생각하고 계세요."

"호! 그래요?"

"예. 이번에 사부님께서 영웅성을 방문하시는 것도 바로 그 때문이랍니다."

"음, 그렇다면 다행이군. 나는 또 영웅성에 힘을 보태주려고 소요선옹(逍遙仙翁)께서 하산하신 줄 알았소."

"그럴 리가요. 말씀드렸다시피 뇌존께서는 이미 십여 년 전부터 본 파와의 연락을 거의 끊고 계시답니다. 처음에는 바빠서 그런 줄 알았는데 갑자기 무림맹을 탈퇴하고 영웅성을 세우시더니 차츰 독자적으로 활동하기 시작하셨죠. 그래서 실망이 컸었는데, 이번에 검후와 전왕이 출도해 흑마련 고수들을 격파하고, 환마라는 희대의 마두가 등장해 남해검문을 괴멸시켰다기에 겸사겸사 영웅성을 찾으신 거예요."

"그랬었군. 어쩐지 강호 활동을 거의 안 하시던 소요선옹께서 영웅성을 찾으시더라니."

연성걸이 고개를 끄덕이자 주옥란은 흥이 난 듯 이야기를 이어나갔다.

"저희 사부님만이 아니에요. 소림과 무당, 개방의 원로 고수들도 대거 영웅성으로 향하셨다더군요."

"오! 그래요? 주 사매 말대로라면 이번 영웅성 회합은 정말 기대되는구려!"

"예. 그래서 저는 이참에 무림맹이 다시 결성되었으면 좋겠어요. 그래야 영웅성이 제약을 받을 테고, 환마나 도마 같은 마두들이 함부로 날뛰지 못하죠."

주옥란이 작은 주먹을 흔들며 기대에 찬 표정을 짓자 목우형이 피식 웃으며 손을 휘휘 내저었다.

"무림맹 재결성이라……. 좋은 생각이지만 당분간은 힘들 거다. 이미 힘의 균형이 너무 깨져 버려서 말이야."

"예? 힘의 균형이 깨지다뇨? 어떤 힘의 균형 말이에요?"

"구대문파와 영웅성의 무력 차이 말이다."

주옥란은 무슨 말인지 이해가 되지 않아 고개를 갸웃거렸다. 하지만 머릿속으로 양쪽을 비교해 보니 확실히 사형 말이 옳았다.

"그렇군요. 본 파를 비롯한 구대문파는 정사대전을 치르느라 힘이 많이 약해졌고, 영웅성은 최근에 세워져서 욱일승천의 기세를 자랑하고 있으니……."

"아니, 최근에 세워져서 그런 게 아니라 영웅성에 절대고수가 많아서다. 현 강호를 뒤흔드는 고수들 가운데 대부분이 영웅성에 소속되어 있으니."

그 말에 모두 고개를 끄덕일 수밖에 없었다.

"하긴, 고왕(鼓王) 종리협(鐘離俠)이나 창왕(槍王) 이군영(李君榮) 같은 분들이 영웅성 장로 직을 맡고 계실 정도니……."

"그뿐만이 아니라 영웅성 스물여덟 봉공 중 다섯 분이 강호십절(江湖十絶)에 속해 있지."

"휴……."

이야기가 전개될수록 다들 우울한 표정을 지었다.

금수련 역시 낙심한 표정으로 고개를 숙이고 있다가 무슨 생각을 떠올렸는지 밝은 표정으로 잔을 들어 올렸다.

"그래도 구대문파엔 불마성승과 무당제일검, 그리고 매화산인(梅花散人)께서 생존해 계시잖아요. 또한 각 문파 장문인을 위시한 원로 고수들과 매화이십사검, 복마십팔검, 소림나한십팔승, 무당칠검 등 쟁쟁한 고수들이 있고, 거기에 목 사형이나 연 소협 같은 신진 고수들이 있는데 뭐가 걱정이에요?"

그러면서 술을 권하자 화무린이 고개를 끄덕였고, 목우형이 웃으며 건배를 외쳤다.

이후 분위기가 한결 밝아지자 주옥란이 화제를 돌렸다.

"그나저나 환마라는 사람. 정말 대단하지 않아요? 혼자서 남해검문을 괴멸시키다니. 저로서는 상상이 되지 않아요."

그 말에 연성걸이 코웃음을 쳤다.

"훗, 나는 좀 다르게 생각하오. 원래 강호의 소문이란 건 과장되기 마련. 어느 정도 피해는 있었을지 모르지만 남해검문이 정말로 괴멸당했다고는 생각지 않습니다. 또한 그자 혼자서 남해검문을 상대했다고 믿고 싶지도 않고. 틀림없이 방수가 있었을 거고 내부의 배신자가 있었을 겁니다."

"나도 연 사제 말에 동의해. 환마라는 자가 얼마나 뛰어난지 모르겠지만, 남해검문 정도 되면 비장의 패를 숨겨놓기 마련이지. 아마 그자는 앞으로 지긋지긋한 추적에 시달릴 거야. 남해검문과 연줄이 닿아 있는 모든 강호인들의 추적에."

"옳은 말씀입니다. 과거에도 몇몇 마인들이 남해검문에 도전하거나 피해를 입혔지만 그들 가운데 목숨을 부지한 사람은 아무도 없었죠. 남해검문과 연결된 모든 강호인들이 나서서 그들을 잡아냈고, 하나같이 비참한 죽임을 당하고 말았죠."

"그렇지. 거기다 구대문파가 한자리에 모이게 됐으니 이제 그 일은 강호의 공안(公案)으로 떠오를 거야."

"그럼 철혈마제 이후로 또다시 강호공적이 탄생하겠군요?"

"아마 그렇게 되겠지."

"그럼 추적대도 꾸려질 테고, 정말 이번 회합의 결과가 너무너무 기대되네요."

"그래. 하지만 문제는, 추적대를 꾸릴 때 우리 구대문파가 앞장서야 한다는 거야. 그렇지 않고 영웅성이 앞장서게 되면 아무 의미가 없어져."

"옳은 말씀입니다. 그래서 저는 흑마련이 좀 더 영웅성을 강하게 압박해 줬으면 좋겠습니다. 그래야 영웅성이 딴생각하지 못하고 흑마련을 견제하는 데 전심전력을 기울일 수 있으니."

연성걸이 투덜거리듯 말하자 옆에 있던 화무린이 인상을 찌푸렸다.

"그건 너무 위험한 발언이군. 영웅성이 밉다고 사파를 옹호할 순 없지 않은가?"

그러면서 눈짓으로 묵자후를 가리켜 보인다.

자기들끼리야 같은 정파인 영웅성을 비판할 수 있지만 외인이 있으니 말조심하라는 뜻.

"죄송합니다, 사형. 듣고 보니 제 말이 과했습니다."

머쓱한 표정으로 곧바로 고개를 숙이는 연성걸.

그러나 주옥란은 모처럼 연성걸 편을 옹호했다.

"치, 저는 연 사형 말에 동의해요. 아무리 생각해도 요즘 양쪽이 너무 몸을 사리고 있는 것 같거든요."

"몸을 사리다니? 그게 무슨 소리냐?"

목우형의 질문에 주옥란이 입술을 삐죽이며 말했다.

"두 세력 간에 충돌이 없어진 지 오래됐잖아요."

"그야 흑마련이 암중에서 활동하니까 그렇지."

"쳇, 저번 동정호 사건을 들어보니 꼭 그런 것만도 아닌 것 같은데요? 그리고, 흑마련을 상대하겠다며 백의전을 맡은 천화신검(天華神劍) 장 대협은 요즘 어떻게 지내신대요? 거창하게 나선 것치고는 너무 성과가 없는 것 아니에요? 누가 보면 꼭 양쪽이 합의해서 강호를 양분하고 있는 줄 알겠어요."

"말이 심하다, 사매!"

목우형이 갑자기 정색을 했다.

"아무리 영웅성이 못마땅하다지만 그래도 사문의 웃어른이 만드신 곳이다. 그리고 천화신검 장 대협 역시 우리에게 대사형뻘 되시니 사매는 말을 가려서 하도록 해라."

목우형이 이때까지의 장난스러움을 지우고 엄한 표정으로 주옥란을 나무라자 맞은편에 있던 금수련이 얼른 화제를 돌렸다.

"우리 이제 다른 이야기해요. 이번 잠룡지회에는 과연 몇 사람이나 모일 것 같아요?"

자기 때문에 어색해진 분위기를 바꾸려는 금수련의 의도를 모를 리 없는 목우형.

잔뜩 토라져 있는 주옥란의 마음도 달래줄 겸 미소로 대답했다.

"글쎄요. 다들 영웅성으로 몰려가서 지난번 모임보다 많지 않을 겁니다."

"아무래도 그렇겠죠?"

금수련이 수긍하며 고개를 끄덕이는 순간,

"흥, 검후의 인기가 대단하군요. 그녀 한 사람 때문에 온 강호가 떠들썩하니."

주옥란이 톡 쏘듯 끼어들었다.

검후에 대한 가시 돋친 평가.

소녀 특유의 질투심이다.

목우형은 남들 보기 민망해 얼른 웃음을 터뜨렸다.

"하하, 어쩌겠느냐? 검후는 언제나 전설과 같은 존재. 강호 명숙들도 검후를 보려고 영웅성으로 향하는 마당에 우리 같은 사람들이야 오죽하겠느냐?"

그러면서 분위기 전환을 꾀했지만 주옥란은 방금 전의 앙금이 남았는지 쌀쌀맞은 표정으로 코웃음을 쳤다.

"흥, 그게 아니겠죠. 듣자 하니 제 또래라던데, 다들 흑심을 품고 몰려드는 거겠죠. 검후란 이름은 원래 남자들의 선망의 대상이잖아요."

"그, 그건 지나친 편견이고……. 아무튼 그녀 덕분에 모처럼 활기가 돌고 있지. 그녀의 일검에 흑마련 고수들이 추풍낙엽처럼 쓰러졌으니."

목우형은 또 한 번 진땀을 흘렸다.

다행히 무공 이야기가 나와서 그럴까.

주옥란이 화제를 돌렸다.

"그래도 한 가지 다행인 건, 그녀 때문에 금 언니의 부담이 많이 줄어들었다는 거죠."

"어머? 나는 사람이 많이 모일수록 좋아."

"쳇, 왜 안 그렇겠어요? 하지만 모든 경비를 언니가 부담하니 허영에 들뜬 떨거지들은 없는 게 나아요. 은월상단이라고 돈이 펑펑 솟아나는 건 아니잖아요."

"옳은 말이오. 나 역시 은월상단의 부담이 줄어들었으면 좋겠고, 모임 약속을 등한시하는 사람은 필요없다고 생각하오."

"나도 동의하오."

연성걸과 화무린이 고개를 끄덕이면서부터 그들은 누가 모임에 참석하고 불참할 것인지 예상해 보기 시작했다. 그리고 각자의 인물평과 그들이 속한 가문에 대해 이야기를 나누면서 술잔을 기울였다.

모닥불은 여전히 잔 불씨를 튀기며 타올랐고, 묵자후는 금후를 안고 조용히 생각에 잠겼다.

'무창으로 간다더니, 하필이면 영웅성이었단 말인가……'

대화 가운데 흘러나온 은혜연의 이야기에 잠시 씁쓸한 표정을 짓던 묵자후는 잡념을 털어버리려는 듯 운기조식에 들어갔다.

품에 금후를 안고 벽에 기대어 운기조식을 취하는 묵자후의 모습은 누가 봐도 수면을 취하고 있다고 착각할 만했고, 그 때문인지 삼남이녀는 오래도록 대화를 이어나갔다.

그러다가 그들 모두 잠이 들고, 희뿌연 먼동이 틀 무렵. 묵자후는 운기조식을 마치고 자리에서 일어났다.

간단히 주변을 청소한 묵자후는 다 꺼져 가는 불씨를 살려 놓은 뒤 금후와 추풍을 데리고 사당을 나섰다.

묵자후가 떠날 때, 삼남이녀는 동시에 잠에서 깼다.

사당을 떠나기 전, 향 대신 나뭇가지를 꽂고 관우 신상 앞에서 예를 표하는 묵자후 때문이었다.

묵자후 딴에는 천금마옥에서 들은 이야기를 떠올리며 천지신명에게 기원을 드린 것이었지만, 목우형이나 화무린 등에게는 그 모습이 매우 이상하게 보였다. 자신들을 비롯한 대부분의 강호인들은 제단이 망가진 폐사당에서는 기원을 잘드리지 않기 때문이다.

또 하나 이상했던 건, 묵자후가 금수련에게만 작별 인사를 건넸다는 점이다. 더구나 언젠가 그녀 집에 들러 정식으로 인사를 드리겠다고 하니 다들 어안이 벙벙해졌다.

'정말 웃기는 녀석이군. 흉가나 다름없는 이런 곳에서 축원을 드리더니, 이제는 뭐? 청혼을 넣듯 금 소저 집을 방문하겠다고?

연성걸은 너무 어이가 없어 묵자후를 노려봤다.

마음 같아서는 주제를 알라며 한 대 쥐어박아 주고 싶은데 금수련이 웃음으로 받아넘기니 어쩔 수 없이 이만 갈았다. 그러다가 묵자후의 모습이 완전히 사라진 후, 신경질적으로 향로 안에 있는 나무 막대를 뽑아버린 뒤 화무린에게 물었다.

"사형, 어젯밤에는 왜 저를 말리셨습니까? 저런 무례한 놈은 혼이 나봐야 정신을 차리는데요."

어린애처럼 투덜거리는 연성걸에게 화무린은 잔잔한 음성으로 대답했다.

"그에게서 이상한 기운이 느껴져서다. 장담하건대… 그는 나보다 절대 아래는 아닐 것이다."

"예에? 믿을 수 없습니다, 사형. 그 어수룩한 놈이 사형에 버금가는 고수라뇨? 혹시 사형께서 착각하신 게 아닐까요?"

화무린은 쓸쓸하게 웃었다.

"물론 착각일 수도 있지. 직접 붙어보지 않는 다음에는 결과를 알 수 없으니……. 하지만 사제, 내 공력이 담긴 잔을 그렇게 자연스럽게 받아넘기는 사람을 나는 이제껏 본 적이 없다."

그 말을 하고 뒤돌아서는 화무린.

연성걸은 처음으로 사형의 어깨에 허탈한 그림자가 드리우는 걸 느꼈다.

목우형 역시 화무린을 보며 생각에 잠겨 있다가 곧 모두를
재촉했다.

　"자, 우리도 이만 출발하도록 합시다."

제34장

위기

魔道

天下

묵자후 등이 떠난 사당에는 쓸쓸한 재만 날렸다.

차갑게 식어버린 공기.

무심하게 내리쬐는 햇살.

이따금씩 부는 바람이 녹슨 경첩을 흔들고, 천장 위에 숨은
거미가 슬금슬금 관우 신상 머리 위로 내려앉을 때,

콰앙!

어디선가 강한 바람이 불어와 경첩에 매달려 있던 문짝을
사정없이 내팽개쳐 버렸다.

뒤이어 사당 안으로 들어서는 그림자.

지치고 피로한 기색이 역력해 보이는 소녀였다.

산발한 머리카락에 찢어진 옷.

부르튼 입술에 말라붙은 피딱지.

흑오였다.

누군가에게 쫓기듯, 불안정한 시선으로 좌우를 둘러보던 흑오는 싸늘하게 식어버린 잿더미를 보고 멍하니 굳어버렸다.

파르르 떨리는 눈망울.

"캇!"

짧은 쇳소리를 내며 잿더미를 걷어차던 흑오는 급기야 두 손에 얼굴을 파묻으며 어깨를 들썩였다.

'크르르……!'

또 한발 늦어버렸다.

죽을힘을 다해 쫓아왔는데 또다시 그를 놓쳐 버렸다.

사당 입구에 새겨진 비문을 보니 떠난 지 얼마 되지 않았다.

조금만 더 빨리 움직였더라면 만날 수 있었을 텐데.

간발의 차이라는 게 더 화가 나 분을 삭이지 못하던 흑오는 고개를 돌려 먼 하늘을 바라봤다.

'그를 찾아!'

뒤따르던 까마귀들에게 명을 내린 뒤 다시 사당 안을 살펴보는 흑오.

그녀의 시선이 빛바랜 관우 신상을 스칠 때.

와지끈!

갑자기 관우 신상의 머리가 폭발하듯 부서져 나갔다. 동시에 시커먼 손이 튀어나오더니 흑오의 목을 무자비하게 낚아채왔다.

"캬악?"

깜짝 놀란 흑오는 본능적으로 고개를 젖혔다. 하지만 완전히 피하지 못해 목에 붉은 손톱자국이 새겨졌고 머리카락을 붙잡히게 됐다.

"끄으으!"

무지막지한 힘에 의해 관우 신상 쪽으로 끌려가는 흑오.

그녀의 눈에 또 하나의 손이 다가오는 게 보였다.

관우 신상의 몸통 사이를 뚫고 불쑥 튀어나오는 손.

그 손끝엔 시퍼런 갈고리가 쥐어져 있었다.

날카로운 갈고리의 끝이 하복부를 꿰뚫으려는 순간, 흑오는 이를 악물며 허리를 비틀었다. 동시에 품 안에 숨겨져 있던 비도를 꺼내 괴한의 손목을 향해 벼락처럼 휘둘렀다.

"크윽! 이년이?"

짧은 비명과 함께 시뻘건 피가 튀어 올랐다. 뒤이어 흉신악살같이 생긴 사내가 신상을 두부처럼 으깨며 앞으로 다가왔다.

한 손에는 시퍼런 갈고리를, 다른 한 손에는 붉은 피를 줄줄 흘리며 죽일 듯이 흑오를 노려보는 사내.

'그놈들이다!'

흑오의 눈빛이 파르르 떨렸다.

며칠째 자신을 추적하던 놈들.

그들이 벌써 여기까지 쫓아온 것이다.

흑오의 예상대로, 흉신악살같이 생긴 사내 좌우로 시커먼 그림자가 맺히더니 곧 십여 명의 괴한이 나타났다.

하나같이 시커먼 옷에 기이한 병장기를 든 이들.

톱니바퀴처럼 생긴 원반.

낫처럼 생긴 섬뜩한 창.

몇몇은 삐죽삐죽한 침이 박힌 쇠도리깨나 모자처럼 생긴 챙 안쪽에 시퍼런 칼날을 장착하고, 거기에 은사로 된 긴 줄을 연결한 기문병기를 들고 흑오를 노려보고 있었다.

"크르르……."

흑오는 암담한 표정으로 주춤주춤 뒤로 물러났다.

그러나 흑의인들은 조금의 후퇴도 용납하지 않았다.

다들 무표정한 얼굴로 몸을 날리더니 사방에서 병장기를 날려왔다.

"카앗!"

흑오는 할 수 없이 이를 악물었다.

천 리 길을 달려오느라 탈진 상태에 이르렀지만, 새파란 독기를 흘리며 정면으로 돌진했다.

비도를 거꾸로 세워 들고 전광석화 같은 신법으로 흑의인들 사이를 누비는 흑오.

그녀의 소매가 바람을 가를 때마다 피보라가 튀었다.

쉬이익, 서걱!

"크윽!"

슈우웃, 푹!

"컥! 이, 이년이……!"

차[茶] 한 잔 마실 시각에 몇 놈이 피투성이가 되어 나가떨어졌다.

그러나 흑오도 무사하지 못했다.

어깨와 허벅지에 몇 줄기 상처가 새겨졌다.

그러나 흑오는 조금도 머뭇거리지 않았다.

오히려 필사의 각오로 비도를 휘둘렀다.

깡……!

그러나 체력과 공력의 한계는 어쩔 수 없었다.

강맹하게 날아드는 쇠도리깨를 막다가 한쪽 어깨가 탈골되고 비도가 맥없이 부러져 나갔다.

흑오는 다시 한 번 이를 악물었다. 동시에 번개같이 자세를 낮춰 놈의 공세를 흘린 뒤, 부러진 비도로 놈의 허벅지를 베어버렸다.

"으윽!"

놈이 비틀거리는 순간 튕기듯 날아올라 무릎으로 턱을 으깨 버렸다. 그때, '성' 하는 파공음과 함께 낫처럼 생긴 창이 허리를 베어왔다.

흑오는 재빨리 허리를 틀어 몸을 허공으로 띄웠다. 그 자세 그대로 신형을 회전시키며, 으깨진 턱을 붙잡고 비틀거리는 흑의인의 쇠도리깨를 뺏은 뒤, 그 탄력을 이용해 정면으로 내리찍었다.

퍽!

섬뜩한 음향이 울리고, 낫처럼 생긴 창의 주인이 풀썩 쓰러졌다.

이제 남은 흑의인은 다섯!

그러나 더 이상은 자신없었다.

이미 지칠 대로 지친 상태에서 사력을 다해 움직이다 보니 온몸이 후들후들 떨려왔다.

그런 사정을 눈치 챘을까?

놈들이 슬금슬금 포위망을 좁혀왔다.

'치잇!'

흑오는 피가 나도록 입술을 깨물었다. 연이어 매서운 눈길로 놈들을 노려봤다.

광동에서 천궁파 도사들과 싸울 때, 그리고 숭양루에서 강호인들과 싸울 때 쓰던 염력을 다시 발동하려는 것이었다.

그러나 이번에는 통하지 않았다.

놈들과 정면으로 눈이 마주쳤는데도 쓰러지는 사람이 아무도 없었다. 다들 인상을 찌푸리기만 할 뿐, 여전히 살기를 흘리며 포위망을 좁혀오고 있었다.

'내가 지쳐서 그런 걸까?'

흑오는 이럴 리 없다 싶어 다시 정신을 집중했다.

그때 어디선가 요사한 방울 소리가 들려왔다.

"끄으윽……!"

흑오는 방울 소리를 듣자마자 머리를 감싸 쥐었다.

마치 심혼을 헤집는 듯 끔찍한 방울 소리였기 때문이다.


"드디어 잡았군!"

"정말 살쾡이 같은 년이야. 제대로 서 있지도 못하면서 여섯이나 해치웠군."

고통스러워하는 흑오를 보며 몇 사람이 대화를 나누고 있었다.

유령처럼 불쑥 나타나 사당 입구를 가로막은 이들.

그중 한 사람은 흑오가 익히 아는 얼굴이었다.

느끼한 인상에 배가 불룩 튀어나온 환락승!

그의 몰골은 이전에 비해 많이 초라해 보였다.

텅 빈 소매야 흑오를 납치하다가 묵자후에게 한쪽 팔을 잘려 그렇다지만, 눈마저 하나뿐이었다. 흉광이 흘러나오는 눈 반대편에 검은 안대가 자리하고 있었던 것이다. 그래서 외눈에 외팔로 변해 버린 환락승 옆에는 뱀과 사람, 늑대 목걸이를 하고 있는 밀밀승이 서 있었다.

그는 얼음장 같은 표정으로 흑오를 바라보고 있었는데, 바로 그 옆에 방울 소리의 주인공이 서 있었다.

나이를 알아볼 수 없을 만큼 늙어버린 도사.

꾸부정한 허리에 배꼽까지 내려온 회색 수염. 거기다 강시처럼 말라 홀로 서 있는 것조차 힘들어 보이는 그는 기괴한 눈을 갖고 있었다.

뱀처럼 쭉 찢어진 눈매에 백태가 낀 듯 뿌연 안구(眼球).

그 중간에 깨알만 한 동공이 붉은 광채를 흘리고 있었다.

그 눈빛이 어찌나 강렬하던지 사당 안을 환하게 밝히고 있었다.

또한 그는 빛바랜 검은 도포에 핏빛이 감도는 붉은 요령을 흔들고 있었는데, 속이 메스꺼울 정도로 요사한 소음을 내는 요령은 그의 전신에서 흘러나오는 시커먼 안개와 묘한 조화를 이루어 듣는 이로 하여금 섬뜩한 기분을 느끼게 만들었다.

노도사는 흑오를 바라보며 혼잣말처럼 중얼거렸다.

"다행히 아직 각성하지 않은 것 같군. 이제 다 잡은 거나 마찬가지니 수하들을 뒤로 물리시오. 혹시라도 저 아이가 다치면 내 마음이 많이 아플 것 같소."

그러면서 천천히 걸음을 옮기는 노도사.

그의 목소리 역시 외모를 닮아 매우 기괴했다.

남자인지 여자인지 모를 애매모호한 음성이 환청처럼 웅웅 파장을 울리고 있었다.

밀밀승은 노도사의 말을 듣고 신호를 보냈다.

흑의인들이 뒤로 물러나고 포위망이 느슨해지자, 노도사는 요령을 소매 안으로 집어넣은 뒤 흑오에게 말을 건넸다.

"아가야, 그동안 잘 지냈느냐? 무척 오랜만이지? 클클클."

흑오를 대하는 노도사의 태도는 매우 자상해 보였다.

두 눈에선 여전히 기분 나쁜 안광이 흘러나오고 있었지만, 입가엔 부드러운 미소가 지어져 있고 말투 역시 손녀를 대하듯 따스하기 그지없었다.

하지만 흑오는 그를 보자마자 버쩍 얼어버렸다.

마치 저승사자를 본 듯 손을 덜덜 떨기까지 했다.

'으으… 그 사람이야. 악마! 악마 같은 늙은이!'

그랬다.

흑오가 기억하기로 그는 악마 같은 도사였다.

결코 두 번 다시 마주치고 싶지 않은 존재. 아니, 꿈에서라도 도망치고 싶은 존재가 바로 저 도사였다.


차라리 죽는 게 더 행복할 것 같다고 느끼던 어린 시절.

절망 외에는 아무것도 존재하지 않는 어두운 공간.

그곳에서 눈을 뜨면 항상 저 도사가 옆에 있었다.

시커먼 관 속에 누워 있을 때도, 피로 채워진 연못에 누워 있을 때도 그는 늘 백태 낀 눈으로 자신을 관찰하고 있었다.

또한 그는 저승사자보다 더 무섭고, 흡혈귀보다 더 잔인한 손속으로 어린 자신을 괴롭혔다.

그의 손짓 한 번에 멀쩡하던 사람이 목내이처럼 말라가고 그 피가 몸 안으로 스며들어 왔다.

그의 눈짓 한 번에 흉측한 독물들이 나타나 입 안으로 기어들어 왔고, 그의 주문 한 번에 온갖 괴물들이 나타나 어린 몸을 가혹하게 유린했다.

살려달라고 비명을 지를 수도 없고, 죽여달라고 애원할 수도 없었다.

이미 혀는 마비되었고, 성대마저 상해, 고함을 지르면 짐승 같은 목소리만 흘러나왔다.

그런데도 그는 끊임없이 손짓을 했고 눈짓을 했으며 주문을 외워댔다.

어떨 땐 시퍼런 칼로 배를 갈랐고, 기이한 약물을 전신에 발랐으며, 송곳 같은 침으로 몸 이곳저곳을 찌르거나 이름 모를 연기를 강제로 흡입하게 만들었다.

그 때문인지 차츰 의식이 흐려졌고, 마지막으로 기억나는 장면은 그가 요령을 흔들며 주문을 외우고, 그 옆에 서 있던 복면인들이 시퍼렇게 날선 도끼로 자기 머리를 내려찍는 광경이었다.

'그때 나는 죽지 않았던 걸까……?'

문득 그런 의문이 떠올랐다.

하지만 그게 중요한 게 아니었다.

무슨 수를 써서라도 저 도사에게서 도망쳐야 한다.

그러지 않으면 또다시 과거와 같은 고통을 겪게 된다!

하지만,

'아아……'

거미줄에 걸린 잠자리처럼 한 발짝도 움직일 수 없었다.

엄습하는 절망감.

흑오는 자기도 모르게 눈물을 글썽였다.

아득한 과거의 어느 날처럼, 누군가가 나타나 이 악몽에서 자신을 구원해 줬으면…….

그때는 엄마였지만 이번에는 그가 나타나 줬으면…….

흑오는 묵자후를 떠올리며 마음속으로 간절한 염원을 보냈다.

그러나…

"다 부질없는 짓이란다, 아가야."

어느새 지척에 이른 그가 인당혈을 짚어버린다.

흑오는 비명도 지르지 못한 채 바닥으로 쓰러졌고, 노도사는 그럴 줄 알았다는 듯 한 손을 휘저었다. 그러자 흑오의 신형이 두둥실 허공으로 떠올랐고, 노도사는 만족한 듯 고개를 끄덕였다.

"자! 이제 집으로 가서 몸단장을 마치자꾸나. 노부인과 대공자께서 너무 오래 기다리셨어."

기괴한 미소를 지으며 뒤돌아서는 노도사.

그가 요령을 흔들며 걸음을 옮기자 흑오의 몸이 공중에 뜬 상태로 그 뒤를 따랐다. 마치 보이지 않는 끈으로 연결된 듯 신기한 광경이었지만, 장내에 있던 이들은 어느 누구도 놀라는 사람이 없었다.

모두 그에 익숙한 듯 무표정한 눈빛으로 바라보다가, 흑의인들은 주위를 경계하며 노도사를 따랐고, 밀밀승과 환락승은 큰 짐을 내려놓은 듯 가벼운 표정으로 사당 문을 나섰다.

흑오는 이대로 잡혀가고 마는 것일까?

현재로서는 그럴 수밖에 없는 것 같아 보였다.

온몸이 마비되어 허공에 붕 떠 있는데다 양손이 바닥으로 축 늘어져 이리저리 흔들리고 있었으니.

그러나 기적은 늘 예상치 못한 상황에서 일어난다.

이번에도 마찬가지였다.

그 시작은 사소한 말실수에서 비롯되었다.


"화골산(化骨散)을 뿌리고 흔적을 지워!"

노도사와 밀밀승 등이 밖으로 나오자 누군가가 소리쳤다.

사당 밖을 에워싸고 있던 또 한 무리의 흑의인.

그들 가운데서 누가 명을 내리자 석상처럼 서 있던 흑의인들 중 일부가 질서정연하게 사당 안으로 들어갔다.

죽은 시체가 핏물로 변하고 흩어진 병장기가 다시 회수되었다.

그 시간이 다소 지루하게 느껴졌을까?

안대를 어루만지며 흑오를 노려보고 있던 환락승이 지나 가듯 노도사에게 물었다.

"이봐, 사악도인(邪惡道人). 음양멸혼수정관(陰陽滅魂水晶 棺)에 눕히기 전에, 저년… 눈 하나만 파내면 안 될까?"

환락승 딴에는 무심코 던진 말이었다.

"안 되오! 목을 베거나 심장을 찌르는 건 다시 살리면 되니 상관없지만 눈을 파내면 원상복구하기가 매우 힘드오. 특히 저 아이 얼굴에 흉터가 생긴다면 대공자께서 몹시 싫어하실 것이오."

사악도인은 당연히 고개를 가로저었고.

"쩝……. 저년이 내 눈을 빼앗아갔는데 복수도 못하게 생 겼군."

환락승은 아쉬운 듯 입맛을 다셨다.

그때 옆에 있던 밀밀승이 그 심정을 이해한다는 듯 피식 웃 으며 한마디 거들었다.

"정 그렇다면 사악도인이 말한 대로 심장을 파내시오. 마 탑에 가면 널린 게 심장이니 아무거나 갖다 끼우면 되지."

"음? 정말 그렇게라도 복수를 해볼까?"

징그럽게 웃으며 외눈을 번뜩이는 환락승.

그가 장난치듯 흑오의 심장 부위, 정확히는 봉긋 솟아오른 가슴을 움켜쥐려는 순간, 석상처럼 굳어 있던 흑오의 얼굴에 미세한 변화가 일어났다.

'심장. 내 심장을 파내겠다고?'

흑오의 속눈썹이 파르르 떨렸다.

만약 저 배불뚝이가 자기 심장을 파내면?

다시는 그를 볼 수 없게 된다!

'안 돼―!'

흑오의 눈망울이 격렬히 떨렸다.

마음속에서 거센 폭풍이 휘몰아치기 시작한 것이다.

그 폭풍은 삽시간에 전신으로 번져 갔고, 주술에 얽매여 있던 몸을 단숨에 해방시켰다.

"캬아아!"

휘이이잉!

흑오의 입에서 괴성이 터져 나오고, 그녀의 전신에서 강한 회오리바람이 일어났다.

"우웃?"

의외의 사태에 놀란 환락승은 후다닥 뒤로 물러났고, 사악도인은 피를 토하며 비틀거렸다.

밀밀승은 경계 어린 표정으로 공력을 끌어올렸고, 주위에 있던 흑의인들은 병장기의 끝을 일제히 흑오 쪽으로 향했다.

흑오는 누가 잡아당기기라도 하듯 허공으로 떠올랐고, 그녀의 몸이 지면에서 삼 장 높이쯤 이르렀을 때 누구도 예상치 못한 괴사가 벌어졌다.

흑오의 이마가 서서히 갈라지더니, 그 속에서 또 하나의 눈이 나타난 것이다.

흑요석처럼 까만 눈!

그 눈이 몇 차례 깜빡이다가 번쩍 치켜 뜨여지자, 경천동지할 일이 벌어졌다.

콰아아아!

마치 태양이 폭발하듯, 흑요석 같은 눈에서 어마어마한 광채가 뿜어져 나온 것이다.

그 광채가 이르는 곳마다 새파란 불길이 일었고 뭐든지 단숨에 태워 버리기 시작했다.

가장 먼저 원진을 이루고 있던 다섯 명의 흑의인이 불길에 휩싸여 비명을 지르며 죽어갔다.

그다음으로 사악도인을 보호하며 황급히 바닥으로 엎드린 밀밀승과 환락승 뒤편에 있던 바위와 나무들이 시커멓게 그슬리거나 재로 변해갔다. 연이어 사당 앞쪽에 도열해 있던 흑의인들이 일제히 불길에 휩싸였고, 마지막으로 사당과 사당 뒤편에 있던 숲이 벌겋게 타오르며 화마(火魔)에 휩싸여 갔다.

"으으! 파멸안(破滅眼)! 파멸안이 어찌……?"

사악도인은 눈앞의 광경을 보고 대경실색하여 제대로 말을 잇지 못했다.

옛 나부파의 고대 술법과 천마의 유진을 연구해, 오십 년 동안 공들여서 만든 천마유혼합일대법(天魔幽魂合一大法)!

그 절대비기 중 하나인 파멸안이 어떻게 스스로 발동할 수 있단 말인가?

"나부태태……! 그래, 그년 때문이었구나! 그년이 뭔가 수작을 부려 일이 이 모양이 되어버렸구나!"

망연자실한 표정으로 굳어 있던 사악도인은 뒤늦게 이를 갈며 품속에서 부적을 꺼냈다.

양손으로 수결을 맺음과 동시에 번개같이 부적을 뿌린 사악도인은 급히 밀밀승과 환락승을 보며 말했다.

"파멸안은 엄청난 심력이 요구되는 이능이오! 지속 시간에 한계가 있으니 두 분께서 잠시만 저 아이의 시선을 돌려주시오. 어서!"

다급한 사악도인의 말에 두 사람은 퍼뜩 정신을 차렸다.

마치 전설에 나오는 대자재천(大自在天), 시바 여신처럼 이마에 무시무시한 빛을 내뿜는 흑오를 보고 가슴이 철렁 내려앉았지만, 이미 초절정의 경지를 벗어난 두 사람은 곧바로 몸을 날려 십성 장력을 퍼부었다.

퍼퍼퍼펑!

흑오의 전신을 강타하는 무서운 장력.

금성철벽이라도 무너뜨릴 것 같은 장력이 연거푸 작렬하자, 태풍에 휘말린 가랑잎처럼 이리저리 흔들리던 흑오의 신형이 마침내 지면으로 추락하고 말았다.

그러나 별다른 충격을 받지 않은 듯 다시 일어서는 흑오.

그녀의 시선이 이번에는 두 사람을 향했다.

이마 정중앙에 위치한 눈이 확 커지고, 그곳에서 끔찍한 광채가 폭사되자 두 사람은 누가 먼저랄 것도 없이 바닥에 코를 박았다.

콰콰콰쾅!

지면이 폭발하듯 들썩이고 매캐한 화근내가 풍겨왔다.

"으으, 이런 말도 안 되는⋯⋯!"

환락승이 비틀거리며 일어났다.

넋이 나간 듯 멍하니 고개를 흔드는 환락승.

그의 얼굴은 엉망진창으로 변해 있었다.

얼굴 전체가 화상을 입어 시커멓게 변해 버렸고, 남아 있던 한쪽 눈마저 익어버렸는지 하얀 연기가 새어 나오고 있었다.

그 충격 때문인지 방향감각을 상실한 채 이리저리 비틀거리는 환락승.

밀밀승이라고 무사할 리 없었다.

비록 환락승보다 먼저 몸을 피해 외모는 멀쩡했지만, 그 역시 믿기지 않는 참화를 당했다.

등짝이 반 이상 익어버린 데다 뒤통수마저 벌겋게 익어버려 아직까지 제정신을 차리지 못하고 있었다.

하지만 그는 억지로 몸을 일으키려 애썼고, 부들부들 떨리는 손으로 신호탄을 쏘아 올리려 애썼다.

'여기서 저 계집을 놓치면 끝장이야……!'

그나마 저주승과 이간승, 구겁승과 황금승을 부근에 대기시켜 놓은 게 천만다행이라고 생각하는 밀밀승이었다.

이때, 사악도인은 손가락을 깨물어 부적에 피를 뿌린 뒤, 한 손에는 요령을, 다른 한 손에는 어린아이 주먹만 한 구슬을 꺼내 들고 주문을 외우고 있었다.

"홈치 홈치 쿠메르 샤! 이승과 저승의 경계를 허무니 어둠의 권세가 충만하도다! 구십구층 무저계(無低界)를 수호하는 구슬이여, 아수라의 권능을 받아 저 요마를 퇴치하라!"

그가 기이한 목소리로 주문을 외우자 구슬에서 새파란 광채가 흘러나왔고, 반구체 형상의 결계가 형성되어 사악도인을 비롯한 밀밀승 등을 감쌌다. 동시에 구슬에서 뻗어 나온 빛이 번개처럼 공간을 가르며 흑오의 파멸안과 정면으로 부딪쳤다.

우르르르… 콰콰콰쾅!

두 광채가 부딪치자 대기 중에서 엄청난 폭발이 일어났다.

그 여파로 지축이 파도치듯 흔들렸고, 주위에 있던 숲과 나무가 폭풍을 만난 듯 뿌리째 뽑혀 사방으로 날아갔다. 그 순간, 밀밀승이 신호탄을 쏘았고, 흑오는 폭발의 충격을 이기지 못하고 십 장 밖으로 나가떨어졌다.

잠시 후, 폭발의 여운이 가라앉자 밀밀승과 환락승이 다시 몸을 일으켰다.

"으으…… 저년, 설마 죽은 건 아니겠지?"

"죽어도 상관없어. 사악도인이 있으니까."

원독 어린 표정으로 대화를 나누는 두 사람.

겁이 나 차마 가까이 다가가지는 못하고 먼발치에서 흑오의 상태를 가늠해 보고 있었다.


흑오는 시체처럼 쓰러져 있었다.

어느새 파멸안은 사라지고 양 눈자위에서 핏물이 뚝뚝 흘러내리고 있었다.

절망적인 상황.

이대로 기적이 끝나는 것일까?

아직은 아니었다.

흑오의 가녀린 손이 부르르 떨리며 힘겹게 땅바닥을 움켜쥐고 있었다. 그와 함께 흑오의 정수리 부위에서 뭔가가 조금씩 튀어나오기 시작했다.

소 털보다 가느다란 물체.

은빛으로 빛나는 그 물체는 다름 아닌 제맥혼혈침(制脈昏穴針)이었다.

밀교나 도교 일파에서 은밀히 사용하는 것으로, 강시술이나 회혼술(回魂術), 제혼술(制魂術) 등을 연구할 때 피시술자의 기억이나 이성을 마비시키기 위해, 혹은 과거의 능력이나 본신 잠력을 제어하기 위해 사용하는 침이었다.

그 침이 흑오의 정수리에 꽂혀 있는 이유는 나부태태가 흑오의 막강한 잠력을 봉인시키기 위해 몰래 시침한 때문이었다.

그런데 죽음의 위기에 봉착하자 몸 안에 잠재되어 있던 기운이 스스로 발동하여 제맥혼혈침을 밀어내고 있는 것이다.

하지만 그런 사실을 알 리 없는 흑오.

안간힘을 쓰며 몸을 일으키려 애쓰고 있었다.

"저 계집은 정말 여러 가지로 사람 놀라게 하는군."

밀밀승은 그 모습을 지켜보고 있다가 싸늘한 표정으로 장력을 날렸다.

펑!

가죽 북 터지는 소리와 함께 허공을 날아 시커멓게 불탄 계단에 부딪친 뒤 다시 바닥으로 굴러 떨어지는 흑오.

이제 한계에 도달한 듯 일체의 미동도 없이 죽은 듯 쓰러져 있다.

"끝났군."

"독한 것."

"이제 저 계집을 어쩐다?"

세 사람은 쓰러진 흑오를 보며 곤혹스러운 듯 중얼거렸다.

술법을 써도 통하지 않고 혈도를 짚어도 소용이 없으니 고민이 된 것이다.

그렇다고 저대로 놔둘 수도 없고, 억지로 끌고 가자니 조금 전의 기억이 떠올라 손대기가 망설여진다.

그때 환락승이 대안을 생각해 냈다.

"이왕 이렇게 된 거, 죽여서 데려갑시다."

"죽여서 데려가자고?"

"흠, 차라리 그게 낫겠군. 그렇게 합시다."

환락승의 제안에 사악도인이 고개를 끄덕였다.

밀밀승은 잠시 고민하다가 바닥에 있는 검을 차올렸다.

이왕 손쓸 상황이라면 자기가 직접 처리하는 게 낫겠다 싶어서였다.

그런데 환락승이 손을 내밀었다.

"내가 하지."

"……."

밀밀승은 물끄러미 환락승을 바라보다가 말없이 검을 넘겨줬다.

그의 심정을 이해하기 때문이다.

만약 저 아이가 대공자에게 바쳐지는 제물(祭物)이 아니었다면 그녀는 천참만륙, 어육 덩어리가 될 때까지 화풀이를 당했으리라.

하지만 그런 심정을 이해하지 못한 듯, 사악도인이 말참견을 했다.

"가능하면 상처가 남지 않도록 심장만 뚫어주시오."

순간, 환락승이 치켜들었던 검을 내리며 천천히 고개를 돌렸다.

시커멓게 불탄 동공.

초점도 없는 이지러진 눈이었지만 왠지 모를 살기가 감돌았다.

"경고하는데, 사악도인. 나 아직 안 죽었어!"

그 말과 함께 뺨을 씰룩이는 환락승.

그가 다시 검을 치켜들자 검극에 새하얀 서기가 피어올랐다.

초절정고수나 되어야 시전할 수 있다는 검강이 너무도 쉽게 그 형체를 드러낸 것이다.

그리고 가볍게 손목을 떨치자 새하얀 광채를 발하고 있던 검강이 눈 깜짝할 사이에 물방울만 한 점으로 변해 느릿한 속도로 대기를 가르기 시작했다.

'맙소사! 저건 검환(劍丸)!'

사악도인은 그 광경을 보고 속으로 비명을 질렀다.

마탑을 수호하는 호존십팔승. 그들 가운데 황홀경에 이르렀다는 환락승의 무위는 이미 들어서 알고 있었지만 실제로 보기는 이번이 처음이었다.

그런데 강호인들 사이에서 꿈의 경지라 불리는 검환을 저렇게 쉽게 펼칠 줄이야.

'호존십팔승의 수좌인 흑암승은 이기어검(以炁馭劍)도 가

능할 것이라더니, 그 말이 허언이 아니었구나!'

사악도인이 감탄한 표정으로 바라보는 사이, 물방울 모양의 검환은 흑오의 심장을 향해 일직선으로 날아갔다.


삶과 죽음의 경계.

그 사이에서 방황하고 있던 흑오는 자기도 모르게 몸을 떨었다.

염왕이 판결을 내리듯 너무나도 간단히 죽음을 선고하는 저들.

억울했다.

더 이상 희망은 없단 말인가?

저들이 원하는 대로 죽어줄 수밖에 없는 게 하늘이 정한 자신의 운명이란 말인가?

호흡은 이미 멈춘 지 오래.

의식마저 흐려져, 이대로 가면 원치 않아도 죽을 수밖에 없는 상황.

그런데 그 시간조차 아까운 듯 무시무시한 기운이 날아오고 있다.

막을 수도 없고 막을 힘도 없으니 어쩌랴.

'지존……'

어린 속눈썹에 작은 이슬이 맺혔다.

서러운 눈물.

그 눈물방울이 핏빛으로 변하며 마지막 힘을 쥐어짜 내게 만들었다.

'도와줘! 제발… 제발……!'

이미 망가져 버린 육신이었지만, 가느다란 숨소리조차 낼 수 없는 지친 영혼이었지만, 흑오의 비원을 실은 염파는 시간과 공간을 초월해 사방으로 번져 갔다.

그리고… 환락승이 날린 검환이 흑오의 심장을 꿰뚫기 직전, 기적처럼 한 사람이 나타났다.

제35장

감응

魔道

道

天下

"방금 누구라고?"

백발의 노도사가 고개를 갸웃거리며 물었다.

이일화는 옷매무새를 가다듬으며 공손히 대답했다.

"환마라고 했습니다, 진인."

"환마? 그것참, 거창한 별호로군."

노도사, 소요선옹이 마뜩찮다는 표정을 짓자 이일화는 나름대로 설명을 덧붙이려 했다. 그런데 상석에 앉은 오십대의 장한이 찻잔을 내려놓으며 중후한 목소리로 말했다.

"저도 그런 생각으로 보고서를 읽었는데, 그렇게 불릴 만하더이다."

그가 입을 열자 모두의 시선이 단번에 집중됐다. 이일화 역시 놀란 표정으로 그를 봤다.

'창왕(槍王) 이군영(李君榮)! 저분이 내 보고서를 읽으셨을 줄이야⋯⋯!'

이일화는 가슴이 두근거렸다.

창왕 이군영이 누군가?

현 강호에서 가장 강하다는 십대고수 중 무려 삼왕(三王)의 자리에 올라가 있는 무인이다.

뿐인가?

삼전(三殿) 삼각(三閣)으로 이뤄진 영웅성에서 내전(內殿) 역할을 담당하고 있는 천추전(千秋殿)의 전주 신분이기도 하다.

그런 대단한 사람이 뇌존 탁군명을 대신해 회의를 주재하고 있으니 가능한 한 좋은 인상을 남겨야 한다. 그래야 내일을 기약할 수 있다.

'다행히 아직까지는 좋은 점수를 받고 있는 것 같군. 저런 분이 나를 대신해 소요선옹을 상대해 주고 있으니⋯⋯.'

소요선옹.

그는 화산파 장로 중 한 사람으로, 뇌존 탁군명의 사형 뻘이 된다.

비록 뇌존에 비해 그 명성이 많이 떨어지기는 하지만, 그가 펼치는 이십사수매화검법은 아직까지 적수를 찾지 못하고 있다는 평이 나돈다. 때문에 창왕 이군영이 그와 대화를 나누고 있었지만, 서로 입장 차이가 있고 또 상대를 의식하느라 미묘한 신경전이 벌어졌다.

"흠… 천하에 명성이 자자하신 철혈무적창(鐵血無敵槍)께서 그렇게 불릴 만하다고 이야기하시니 노도(老道) 같은 사람은 더 이상 토를 달기 힘들겠구려."

"원, 별말씀을. 본 성에서 파악한 정보는 단 한 치의 오차도 없다는 것을 알려 드리고 싶었을 뿐입니다."

"단 한 치의 오차도 없다? 그러면 정말로 그가 십대마공을 익혔고 남해검문을 단신으로 괴멸시켰단 말이오?"

"글쎄요……. 그가 십대마공 전부를 배웠는지 아닌지는 잘 모르겠지만, 지금까지 밝혀진 정황증거로 미뤄, 천변만화공류의 역용술과 마안섭혼공류의 섭심술, 둔겁탄마공류의 외공과 아수라파천무류의 박투 기법 등을 이용해 남해검문에 타격을 입혔다는 건 분명한 사실인 것 같소이다."

"으음, 그럴 리가……."

결국 소요선옹이 침음성을 흘리며 한발 물러서는 기색을 보이자 이군영은 식어버린 찻잔을 집어 들며 이일화에게 눈짓을 보냈다.

계속 이야기하라는 뜻.

이일화는 조심스럽게 고개를 숙여 보인 뒤 차분히 목소리를 가다듬었다.

"그럼 아까 하던 이야기를 계속 아뢰겠습니다."

넓은 회의실에 이일화의 목소리가 울려 퍼졌다.

해남도에서 목격한 남해검문의 참경과 여러 증인들에게서 들은 흉수의 무공 수법, 그리고 백리혜혜와 은혜연을 통해 알게 된 흉수의 능력을 마치 현장에 있던 사람처럼 생생하게 전달하자 모두의 안색이 시시각각 변해갔다.

그러는 와중에 은혜연이 소개됐고, 각파의 명숙들은 앞다퉈 은혜연에게 호감을 표시하거나 덕담을 건넸다.

다들 은혜연이 동정호에서 신위를 발휘했다는 소문을 듣고 있었던지라 반기는 기색이 역력했다.

하지만 은혜연은 몹시 당황했다.

난생처음 겪어보는 강호 명숙들의 환대.

속으로야 신이 났지만, 아직 강호 예법에 익숙지 않았던 터라 어떻게 처신해야 좋을지 알 수 없었던 것이다. 그래서 옷깃만 만지작거리고 있는데 정수 사태가 나서서 대신 화답을 했다. 그러자 모두의 관심은 다시 이일화에게 넘어갔고, 그때부터 회의 분위기가 차츰 무르익었다.


근 한 시진째 이어지는 보고와 설명.

뒤이어 날아드는 질문과 답변.

회의는 무척 지루했다.

'흑마련은 뭐고, 전대 거마들은 또 뭐야?'

듣고 있자니 머리가 아파 은혜연은 멍하니 찻잔만 바라봤다.

잔 속을 오르락내리락하는 가느다란 잎새.

은침차라 했던가?

칼처럼 뾰족한 잎새에 작은 기포가 맺히고, 청아한 향기와 함께 맑은 색감이 우러난다.

'빛깔이 참 곱네.'

황제에게 진상되는 차라서 그런가?

담황색 찻물이 시각과 미각을 돋운다.

'한 모금 더 마셔볼까?'

그런 생각으로 찻잔을 집어 드는데,

"말도 안 되는 소리!"

갑자기 고함 소리가 들려왔다.

'뭐, 뭐지?'

깜짝 놀라 고개를 드니, 소요선옹이라 불리던 노도사가 화난 표정으로 누군가를 몰아붙이고 있다.

"다시 한 번 말해보게! 우리가 종남파와 연수(聯手)했으면 좋겠다고?"

소요선옹의 노갈에, 자신을 천밀긱주(天密閣主)라고 밝힌 중년인이 무뚝뚝한 표정으로 고개를 끄덕였다.

"그렇습니다. 가능하면 그렇게 해주셨으면 고맙겠습니다."

"이이익! 그게, 우리 화산파가 종남파와 연수하기를 바라는 게 사제의 뜻이란 말인가? 정녕 그런 의도란 말인가?"

소요선옹이 격한 목소리로 사제라는 말을 내뱉자 영웅성 요인들의 표정이 일제히 굳어갔다. 그러나 천밀각주(天密閣主)는 무표정한 얼굴로 고개를 가로저었다.

"그건 아니옵고, 그렇게 하는 게 여러모로 유익할 것 같아서 드리는 말씀입니다."

"그게 아니고 여러모로 유익해서? 그럼 사제 생각도 아니고, 도대체 누가 그런 결론을 내렸단 말인가? 자네 독단에 의한 결론인가?"

연이은 소요선옹의 추궁에 천밀각주가 살짝 눈썹을 찡그렸다.

"그것도 아니옵고… 말씀드렸다시피 추적대에 준하는 무력이 이미 구성되어 있으니 그쪽으로 힘을 합치는 게 편리하지 않을까 싶어서 드리는 말씀입니다."

"편리해? 천만에! 우리가 원하는 건 자네들 영웅성과 종남파가 앞장서는 추적대가 아니라, 구대문파와 오대세가, 그리고 자네들 영웅성까지 모두 참여하여 다같이 움직이는 강호 추적대를 원하는 것일세!"

"으음……."

"그리고 말이 나왔으니 하는 말이지만, 자네가 말한 그 무력, 원래는 흑마련을 상대하기 위해 만든 무력이 아니던가?

급히 흑마련을 무너뜨려야 한다면서, 그렇지 않으면 제이의 철마성이 탄생하게 될지도 모른다면서 따로 영웅성을 만들고 백의전을 구성했던 자네들이 아닌가? 그런데 이제 와서 우리더러 거기에 합류해 달라고? 지금까지 이룬 성과가 뭐가 있기에? 흑마련은 여전히 강호를 활보하고 있고 흑도와 사파는 다시 준동하는데다 급기야는 남해검문이 피에 잠겼네. 상황이 이 지경인데 또다시 자네들이 앞장서겠다고?"

소요선옹의 매서운 질책에 돌덩이 같던 천밀각주의 표정이 서서히 무너져 내렸다.

"말씀이 너무 지나치십니다, 진인! 정사대전이 끝난 지 어언 이십여 년. 그동안 강호제문파(江湖諸門派)는 봉문을 하거나 출입을 자제하여 내실을 다져 왔지만, 저희는 몸과 마음을 다 바쳐 강호 정의를 수호해 왔습니다. 그런데 그 모든 노력을 일거에 폄하해 버리시니 받아들이기가 무척 힘이 드외다!"

그 말이 끝나기 무섭게 한 사람이 코웃음을 쳤다.

소요선옹 옆에 앉아 있던 계피학발의 노도사였다.

"그대들이 강호 정의를 위해 몸과 마음을 다 바쳤다고? 허허, 내 귀가 잘못되었나? 나는 왜 그대들이 영웅성의 입지를 넓히기 위해 노력했다는 말로 들리지?"

뼈있는 말투. 카랑카랑한 목소리의 주인공은 공동파의 현오 진인(賢悟眞人)이었다.

복마검법이 극에 이르러 검웅 이시백이 살아 있었다면 자웅을 겨룰 만하다는 평가를 받는 위인.

그까지 나서서 영웅성의 행태를 비난하자 천밀각주의 표정이 확 일그러졌다. 아니, 천밀각주뿐만 아니라 영웅성 요인들의 얼굴이 모두 붉으락푸르락하게 변해갔다.

다들 소요선옹과 현오 진인의 말에 모욕감을 느낀 것이다.

그 모습을 보고 안 되겠다 싶었는지 창왕 이군영이 탁자를 두드려 모두의 주의를 환기시켰다.

"오늘 우리가 모인 이유는 해묵은 감정 싸움을 하기 위해서가 아니오. 남해검문과 십대마공, 나아가 흑마련 문제를 해결하기 위해서니 서로 감정을 자제하고 목전의 현안부터 해결해 나갑시다."

그때부터 양측의 흥분이 가라앉았으나 이미 감정의 골이 깊어질 대로 깊어진 상태.

회의 내내 갑론을박이 벌어졌다.

상황이 그렇게 흘러갈 수밖에 없었던 이유.

정사대전이 끝나고 얼마 지나지 않아 영웅성을 창립해 무림맹을 와해시켜 버린 탁군명 때문이었다.

당시 구대문파나 오대세가는 정사대전 초입부터 싸웠기에 수많은 고수가 죽어 거의 명맥이 끊긴 상황.

반면 영웅성은 막판에 뛰어들어 전세를 역전시켰기에 뭇 군웅들의 열화와 같은 지지를 얻어 휘하에 구름 떼와 같은 무인들이 모여들었다.

그런데 그들 모두를 데리고 매몰차게 독립해 버렸으니 구대문파나 오대세가가 느끼는 배신감이 오죽했겠는가.

그나마 오대세가는 뇌존 탁군명의 자녀들이나 제자들과 이런저런 혼맥을 잇게 돼 악감정이 덜했지만 구대문파가 느끼는 소외감은 하늘을 찌를 듯했다.

그 와중에 영웅성이 차츰 세력을 넓혀가고 있었으니 아연 긴장이 된 것이다.

때문에 오늘 모인 구대문파 원로들의 최고 목표는 남해검문을 빌미 삼아 무림맹을 재결성하거나 그에 준하는 구대문파 주도의 강호추적대를 구성하는 데 있었고, 영웅성의 목표는 십대마공의 위험성을 강조함과 동시에 그에 관한 정보를 자신들이 갖고 있으니, 우선 흑마련을 상대하는 데 힘을 보태 달라는 것이었다. 물론 구대문파는 그 말을 생색내기에 불과하다고 생각했고, 진정한 속내는 앞으로 활동 영역을 넓힐 테니 자기들 밑으로 들어오든지 아니면 입 다물고 침묵을 지키라는 뜻으로 받아들였다.

그에 비해 오대세가의 대표격인 남궁세가는, 무림맹을 구성하면 흑마련을 자극할 우려가 있으니 우선 환마의 정체를 밝히는 데 주력하고, 전왕과 도마의 내력을 파악해 우군으로 끌어들임과 동시에 정파 비무대회 같은 행사를 열어 정파 내의 결속력부터 다지자고 제안했다.

이렇게 입장 차이가 확연하다 보니 결론이 날 리 없었고, 지루한 공방만 계속됐다.

그러다가 화제가 다시 비무대회에 이르러 다들 그 필요성에 공감하는 찰나, 누군가가 또다시 전왕 이야기를 꺼냈다. 회의실 가장 뒤쪽에 앉은 꾀죄죄한 몰골의 중늙은이였다.

찻잔 대신 술잔을 쥐고, 수전증이 걸린 것처럼 손을 벌벌 떠는 그는 낮술에 취한 듯 붉은 얼굴에 십 년 동안 빨지 않은 것 같은 꼬질꼬질한 옷차림을 하고 있었다.

그러나 허리 부근에 일곱 개의 매듭이 지어져 있어, 설사 뇌존 탁군명이라 할지라도 감히 무시할 수 없는 거지, 적면주개(赤面酒丐)가 바로 그였다.

그의 허리춤에 매달린 세 개의 술 호로가 비는 순간, 갑자기 혈면주괴(血面酒怪)로 변해 한바탕 난리를 피운다는 그는, 특이하게도 강호십대고수 가운데 권절(拳絕)에 이름을 올려 두고 있다.

세 개의 술 호로와 함께 펼치는 그의 취팔선권(醉八仙拳)이 어찌나 변화무쌍하고 파괴적이던지, 그와 싸워본 사람들은 대부분 골병이 들거나 반병신이 되어 술 호로만 보면 경기를 일으킨다고 전해진다. 그렇게 특이한 성격에 특이한 이력을 지닌 적면주개.

그가 주독이 오른 코를 벌름거리며 혀 꼬부라진 목소리로 중얼거렸다.

"아까는 깜빡 조느라 이야기를 못했는데, 전왕이라 불리는 녀석은 우군이 될 수 없을 것 같소이다. 우리 애들이 조사해 본 결과, 뭐라더라? 도마라고 했던가? 아마 그 녀석과 동일인물인 것 같다고 하니 참고하려면 하고 말려면 마시오."

그 말에 좌중이 한바탕 술렁거렸다.

"전왕과 도마가 동일인물이라고?"

"설마 그럴 리가?"

은혜연 역시 놀라긴 마찬가지였다.

그가 도마와 동일인물이라니, 그럴 리가 없다.

은혜연이 듣기로 도마라는 자는 환마에 버금가는 대마인이다.

도박에 미쳐 멀쩡한 주루를 부수고 수많은 사람들을 잔인하게 살해했다지 않은가.

그런 마두가 어찌 양민을 위해 검을 든 전왕과 동일인물일 수 있단 말인가?

누군가 그녀와 똑같은 생각을 한듯 질문을 던졌다.

"봉(蓬) 장로님의 말씀에 조금 어폐가 있는 것 같소. 도마라 불리는 자는 도를 사용했고, 전왕은 검을 사용하고 있소이다. 그런데 어찌 동일인물이 될 수 있단 말이오?"

순간, 적면주개의 눈이 스윽 은혜연을 훑고 지나갔다. 뒤이어 그는 자신에게 질문을 던진 영웅성 요인에게 물었다.

"귀하의 이름은?"

"철검무정(鐵劍無情) 양목진(梁木津)이외다."

"철검무정 양목진. 호남 상산(湘山) 출신. 열다섯에 동정수채 휘하 상강채에 투신. 열여섯에 탈퇴. 이후 형산파 속가 무문인 철검문에 수련생으로 입문. 열여덟에 정사대전에 참여. 이후 영웅성 삼십육천강 휘하에서 활약. 대소 스물세 차례의 공을 세움. 현재는 영웅성 천추전 산하 수호당 당주 직을 맡고 있음. 귀하는 본 방의 정보력을 의심하는가?"

과연 개방!

양목진의 입이 딱 벌어졌다.

"그, 그건 아니지만……."

"그가 도를 썼든 검을 썼든 아무 상관이 없다. 문제는 그의 이동경로와 동행이지."

"이동 경로와 동행?"

이동 경로는 알 수 없지만, 그의 동행은 금빛 원숭이와 이족 소녀다.

그런데 도마의 동행은……?

양목진과 대화를 나누면서 주독을 다 날려 버렸는지 적면주개가 날카로운 어조로 말했다.

"전왕과 도마. 두 사람 다 금빛 원숭이를 데리고 다녔지. 또한 도마가 혈겁을 일으키고 난 사흘 뒤, 요마라 불리는 소녀가 나타났지. 까마귀 떼를 몰고 다니는 이족 소녀."

순간, 은혜연은 가슴속에서 뭔가 쿵! 떨어지는 느낌을 받았다.

적면주개의 시선이 또다시 자신을 향했기 때문일까?

"아마 검후께서는 아실 듯한데…… 오누이로 보이는 두 사람이 처음 사람들 눈에 띈 건 장사(長沙)에서부터였지. 알아보니 염상들과 시비가 있었던 모양이더군. 그 후 동정호에서 흑마련을 비롯한 염상들과 또 한 번 싸움을 벌였고, 두 사람이 헤어지게 됐지. 그때까지 금빛 원숭이는 전왕을 따라다녔고, 이후 숭양루에 나타난 도마 곁에 그 원숭이가 있었지. 이상하지 않소? 서로 다른 두 사람을 따라다니는 원숭이. 서로 다른 두 사람 근거리에 있는 이족 소녀. 그리고 그 소녀를 따라다니는 까마귀 떼."

'……!'

더 이상 반론의 여지가 없었다.

그러나 은혜연은 자기도 모르게 소리쳤다.

"아니에요!"

좌중의 시선이 집중됐지만 상관없었다.

"연아야."

정수 사태가 당황한 듯 손을 잡아왔지만 그 역시 개의치 않았다.

"그는 좋은 사람이에요! 수많은 양민들의 목숨을 구해준 사람이라구요! 더구나 그는 사악한 마숭들을 물리친 사람이에요. 그리고 그 아이는… 그 아이는 마숭들에게 납치되어 갔어요. 절대 무고한 사람들을 해칠 두 사람이 아니라구요!"

그때였다.

"글쎄……. 과연 그럴까요?"

갑자기 이일화가 중간에 끼어들었다.

그가 끼어든 이유.

적면주개의 이야기를 듣고 보니 그날, 동정호에서 본 시신들의 상흔이 생생하게 떠오른 때문이었다.

"어쩌면… 두 사람이 아니라 세 사람 모두 동일인물일 수도 있습니다."

"그게… 무슨 소린가?"

이일화의 말에 그동안 침묵을 지키고 있던 창왕 이군영이 관심을 보였다.

"아직 좀 더 알아봐야겠지만… 제게 숭양루 혈사에 관한 보고서를 읽게 해주신다면, 특히 피해자들을 검시(檢屍)한 보고서를 읽게 해주신다면 보다 정확히 말씀드릴 수 있을 것 같습니다."

"그 말은……?"

"추측컨대, 환마에 대한 중요한 단서를 포착한 것 같습니다."

"뭣이라?"

좌중이 또 한 번 술렁였다.

"설마… 자네 말은 환마가 전왕이고, 전왕이 도마라는 뜻인가?"

"십 할의 자신은 없지만, 제 눈이 잘못되지 않았다면 남해 검문 희생자들의 시신에 난 상처와 동정호에서 죽은 혹마련 주구들의 시신에 난 상처가 상당 부분 일치합니다. 마치 삼지창을 꽂고 확 비틀어 버린 듯한 상처, 쇠스랑에 강기를 불어넣고 아래로 내리그은 듯한 상처…… 그래서 숭양루 희생자들의 시신에 관한 보고를 봐야 보다 정확한 판단을 내릴 수 있을 것 같습니다."

그 말이 끝나는 순간, 은혜연은 야속하다는 표정으로 이일화를 쳐다봤다.

창왕 이군영이 수하들에게 보고서를 가져오라고 재촉하고, 강호 명숙들이 충격을 받은 듯한 표정으로 이일화를 바라보거나 적면주개와 밀담을 나누는 동안, 정수 사태가 은혜연의 어깨를 토닥이며 그녀의 충격을 완화시켜 주려 애썼다.

바로 그때,

달그락, 달그락…….

은혜연 앞에 있던 찻잔이 흔들렸다.

은혜연은 흠칫 고개를 숙여 찻잔을 바라봤다.

갑작스런 진동.

찻잔에 파문이 일고 있었다.

'무슨 일이지?'

혹시 지진인가 싶어 주위를 둘러봤지만 아무 이상도 없었다.

오직 자기 찻잔만 계속 떨리고 있었다.

이상하다 싶어 찻잔을 집어 드는데, 찻잔 속에 핏물이 번졌다.

'앗!'

깜짝 놀라 찻잔을 떨어뜨리는 순간, 흑오의 얼굴이 떠올랐다. 그리고 환청처럼 들려오는 음성.

'도와줘! 제발… 제발……!'

간절한 표정으로 애원하는 그녀.

은혜연은 자리에서 벌떡 일어났다.

'그 아이다!'

급박하고 애절한 호소.

그 아이에게 뭔가 끔찍한 일이 벌어지고 있다!

불길한 느낌.

상황을 좀 더 자세히 알아보고 싶었지만 더 이상 연결이 되지 않는다.

"사자, 저 잠시만 좀 나갔다 올게요."

은혜연은 급한 마음에 자리를 떴다.

"사매, 갑자기 어딜 가려는 거야?"

정수 사태가 놀란 눈으로 처다봤지만 은혜연은 벌써 문 앞에 이르렀다.

"갔다 와서 말씀드릴게요."

그 말과 함께 급히 밖으로 달려나가는 은혜연.

그러나 몇 걸음 못 가 눈을 동그랗게 뜰 수밖에 없었다.

회의실 바깥에 모여 있는 수많은 사람들.

대부분 자기 또래로 보이는 후기지수들이었다.

자신을 보자마자 경외의 눈빛을 보내는 그들.

"벌써 회의가 끝난 모양이군요."

그중 한 사람이 다가오며 말을 건네왔다.

관옥 같은 외모에 훤칠한 키.

하얀 무복 차림에 멋들어진 영웅건.

아는 사람이었다.

며칠째 사람을 보내 비무를 요청하던 소림 속가제자.

'이름이 장화린(張華麟)이라 했던가?'

장화린이든 단화린이든, 지금은 대화를 나눌 여유도, 시간도 없다.

"죄송한데 좀 지나가야겠어요."

그 말과 함께 급히 걸음을 옮기는데 그의 눈썹이 꿈틀했다.

"지금 검후께서는 본인을 무시하는 것이오?"

착 가라앉은 음성. 이글거리는 눈빛.

자존심 상한 표정으로 앞을 막아선다. 그러자 뭔가를 기대하듯 중간에 공간을 만들어주고 둥그렇게 원을 형성하는 후기지수들.

기가 막혔다.

이런 게 강호 예법인가.

"지금 뭐 하자는 건가요?"

은혜연의 목소리에 찬바람이 불었다.

일각이 여삼추라, 마음이 너무 바빴기 때문이다.

그러나 장화린은 바쁠 게 없었다.

느긋한 표정으로 한 걸음 물러서며 정중히 포권을 취해 보인다.

"뭐 하자는 게 아니고, 방금 검후께서 취하신 행동이 너무 지나치셔서 드린 말이었소. 기분 상하셨다면 사과하리다."

"사과는 필요없고, 길을 비켜주세요. 급히 가볼 곳이 있어요."

그 말이 또다시 자존심을 건드렸을까.

그의 눈썹이 이전보다 더 크게 꿈틀댔다.

"검후께서는 정말 본인을 너무 무시하시는구려. 이렇게 많은 사람들이 보고 있는데 계속⋯⋯."

그때였다.

"사매, 회의하다 말고 갑자기 말도 없이 어딜 간다는 거야?"

회의실 문이 열리고 정수 사태가 나타났다.

그녀뿐만이 아니었다.

강호 명숙들이 의아한 표정으로 줄줄이 따라 나왔다.

'이를 어째?'

은혜연은 발을 동동 굴렀다.

흑오에게 들은 이야기를 어떻게 저들에게 설명할 수 있단 말인가?

더구나 저들에게 잡히면 시간을 너무 소비하게 된다.

"할 수 없네요. 마음이 바빠 무례를 저지르겠습니다."

그 말과 함께 입술을 잘근 깨문 은혜연의 손이 가볍게 움직였다.

그러나 장화린에게는 절대 가볍지 않은 손놀림이었다.

퍼퍼펑!

눈앞에 별이 번쩍이고, 그의 몸이 부웅, 하늘을 날았다.

"맙소사!"

"단 한 방에 소림신룡(少林神龍)이……?!"

대경실색한 중인들의 외침.

그게 장화린이 기절하기 직전에 들은 마지막 음성이었다.

반면, 천수일천검형(千手一千劍形)을 장법으로 변환시켜 눈깜짝할 사이에 장애물(?)을 치워 버린 은혜연은 그대로 지면을 박찼다.

"맙소사!"

"어기충소(御氣沖霄)를 저렇게 쉽게?"

중인들 사이에서 또 한 번 경악성이 터져 나왔다. 뒤이어 자신을 부르는 정수 사태의 목소리가 들려왔지만, 은혜연은 무서운 속도로 바람을 갈랐다. 정수 사태가 뭐라고 소리치며 자기를 따라오든 말든…….

*    *    *

어두운 공간.

빛 한 점 들어오지 않는 음습한 공간에 두 줄기 광채가 번쩍였다.

"크르르, 이게 무슨 소리지?"

동굴을 웅웅 울리는 낮고 거친 음성.

그 목소리가 울려 퍼지고 얼마 지나지 않아 동굴 벽이 와르르 무너져 내렸다. 뒤이어 그 안에서 한 사람이 몸을 일으키자 두 줄기 광채가 위로 올라가고 또다시 흙더미가 쏟아져 내렸다. 그의 전신을 뒤덮고 있던 흙이었다.

잠시 후, 그가 고개를 갸웃거리며 걸음을 옮기자 지축이 요란하게 떨렸다.

쿵, 쿵, 쿵!

바닥에 깊은 발자국을 새기며 동굴 밖으로 나선 괴인.

그의 덩치는 어마어마했다.

옛이야기에 나오는 거령신(巨靈神)처럼 무려 십 척에 달하는 거구를 자랑하고 있었다.

그의 외모 역시 덩치를 닮아 무시무시했다.

새파란 안광이 흘러나오는 번들거리는 두 눈.

정신병자처럼 깎은, 어떤 부위는 쥐 파먹은 듯 짧고 어떤 부위는 등 뒤까지 내려온 부자연스런 머리카락.

빛바랜 가사(袈裟)로 비스듬히 가린 크고 단단한 가슴과, 구릿빛 어깨 아래로 늘어뜨린 손. 그리고 그 손에 쥐어진 덩치만큼이나 큰 도끼.

먼발치에서 봐도 오금이 떨릴 만큼 무서운 거인.

의외로 그의 전신엔 많은 상처가 나 있었다.

몇 군데에선 아직도 피가 흘러내리고 있었는데, 그 상처를 치료하기 위해 동굴 속에서 흙을 뒤집어쓰고 있었던 모양이다.

"크르르, 한참 멋진 꿈을 꾸고 있는데 누가 나를 부르는 거야? 골머리 아프게시리?"

입을 닷 발이나 내밀며 먼 하늘을 바라보는 거인.

그는 스스로의 이름이 뭔지도 잘 몰랐다.

그저 주위 사람들이 광마라고 부르기에 그런 줄로만 여기고 있다.

광마, 혹은 광마승.

마탑을 수호하는 호존십팔승 가운데 한 사람이 바로 그다.

예전에 환락승이 말하기를, 광마는 미친놈이라 어디 있는지 모르겠다고 푸념한 적이 있었는데, 바로 여기 있었다. 섬서 남부를 가로지르는 진령산맥 한가운데……

"크르르. 쩝쩝. 자다가 바로 움직이려니 귀찮긴 한데……."

시린 태양빛에 눈을 끔벅이며 제 머리통만 한 도끼로, 그것도 시퍼렇게 날선 부위로 뒤통수를 벅벅 긁어대는 광마.

보아하니 그의 머리카락이 들쑥날쑥한 것도 바로 저 때문이리라. 일이 마음대로 안 풀리거나 곤혹스런 상황에 처하면 도끼날로 머리를 벅벅 긁어대는 기이한 습관 때문에…….

"그래도 그 빌어먹을 목소리 때문에 잠이 싹 달아나 버렸으니 가서 혼을 내줘야겠어. 다시는 내 잠을 깨우지 못하게."

그러면서 스스로 태양부(太陽斧)라고 부르는 도끼를 흔들며 신형을 솟구치는 광마.

그는 며칠 전 의외의 시비에 휘말려 가벼운 상처를 입게 됐다. 그래서 그 상처를 치료하기 위해 명상에 잠겼다가 뜻밖에도 황황홀홀을 넘어 적막지경(寂寞之境)에 접어들게 됐는데, 하필이면 그때 도움을 요청하는 절절한 염파를 듣게 됐다.

그 염파를 듣고 가슴이 저릿해 무아지경에서 깨어났지만 눈을 뜨자마자 그런 사실을 잊어버린 광마.

누가 자기 잠을 방해했다고 착각하고 그 목소리의 주인공을 박살 내기 위해 몸소 거구를 날리고 있는 중이었다.

하지만 자기 이름도 가끔 잊어버리는 그가 과연 절절한 목소리로 도움을 요청한 염파의 주인공을 향해 도끼를 휘두를 수 있을까?

결과론적인 이야기지만, 광마는 도끼를 휘두를 수밖에 없었다.

고양이처럼 작은 계집아이.

사방이 불길에 휩싸여 있고, 그 한가운데 피투성이가 되어 쓰러져 있는 어린 계집아이를 보자 뒤통수가 미친 듯이 가려워왔다.

까마득한 과거의 영상.

무의식 저 깊이 숨어 있지만, 절대 망각할 수 없는 어린 시절의 기억이 단편적으로 떠올라 그녀의 얼굴 위로 겹쳐 보였다.

누이였을까, 동생이었을까?

잘 기억이 나진 않지만, 그녀가 어린 자신을 치마 속에 숨기고 대신 죽어가던 기억이 떠올랐다.

그때도 지금처럼 불길이 일었고, 검은 옷을 입은 시체들이 사방에 널브러져 있었다.

아무것도 모르는 어린 나이였지만, 심장에 피를 쏟으며 죽어 있는 그녀를 보고 광마는 한없는 슬픔과 분노를 느꼈었다.

그런데!

또다시 그녀의 심장으로 무시무시한 살기가 날아들고 있었다.

'크르르… 안 돼!'

이번에도 치맛자락 속에 숨어 부들부들 떨고 있을 수는 없다!

나는 광마!

태양을 쪼개는 힘으로 저 죽음의 손길을 깨부수리라!

"와아아악!"

광마의 입에서 어마어마한 괴성이 터지고, 태양부가 찬연한 빛을 내뿜었다.

콰콰콰콰콰!

날[刀] 끝에서 뻗어 나온 광채가 노도처럼 지면을 두드리자,

꽈르르릉, 쩌어억……!

천지가 개벽하듯 대지가 둘로 쪼개졌고 엄청난 흙먼지가 피어올랐다.

뒤이어 광마가 지면으로 쇄도하자, 아득한 창공에서 쏘아지는 힘을 그 스스로도 제어 못해 또다시 자욱한 흙먼지가 피어올랐고, 그의 허리가 땅속에 푹 파묻혀 버렸다.

그러나 먼지를 툭툭 털며 몸을 빼내 흑오 앞을 막아서는 광마.

"어떤 새끼가 감히 누나를 건드려? 크르르!"

흉성을 토하며 전면을 노려보기 시작했다.

그런 그의 눈엔 비정상적인 광기가 이글거리고 있었다.


"음? 다, 당신은……?"

환락승이 날린 검환이 흑오의 심장을 꿰뚫기 직전!

느닷없이 나타나 검환을 튕겨 버리고 지면마저 쩍 쪼개 버린 거한을 보고 밀밀승은 경악하여 말조차 제대로 잇지 못했다.

대낮에 귀신을 보면 이런 표정일까?

"과, 광마승?"

사악도인 역시 눈을 부릅뜬 채 그 자리에서 굳어버렸다.

"광마? 광마승이 나타났다고?"

환락승은 시커멓게 익어버린 눈동자를 치뜨려 애쓰며 좌우를 두리번거렸다.

그런 세 사람을 보며 광마승은 어린아이처럼 눈을 끔뻑였다.

"이런 빌어먹을! 아는 놈들이잖아?"

난감한 듯 도끼로 뒤통수를 벅벅 긁는 광마.

그러나 곧바로 표정을 굳히더니 번들거리는 눈길로 세 사람을 노려본다.

"네놈들이었나? 우리 누나를 이렇게 만든 사람이?"

"……?"

순간, 세 사람은 어리둥절한 표정으로 서로를 바라봤다.

누나라니?

여기 그의 누나가 어디 있단 말인가?

혹시나 싶어 좌우를 둘러봤지만 없는 사람이 보일 리가

없다.

"누나라니, 대체 당신 누나가 여기 어디 있다는 말이오?"

밀밀승이 의아한 표정으로 묻자, 또다시 제 머리를 벅벅 긁던 광마.

"저기 있잖아!"

하며 눈짓으로 등 뒤를 가리킨다.

"컥!"

"뭐, 뭐라고?"

아연실색하는 세 사람.

"말도 안 되는 소리!"

기가 막혀 소리치자, 광마의 눈에 으스스한 살기가 일렁거렸다.

"말이 돼. 누나의 영혼이 저 아이에게 옮겨갔어. 난 단번에 알 수 있지. 동생이니까. 옛날 기억이 다 떠올랐거든."

"이런 미친……."

사악도인은 말하다 말고 그만 입을 다물었다.

광마의 눈빛을 보고 오금이 저린 탓도 있지만, 원래 그는 미친 사람이 아니던가.

오죽하면 마탑의 실권자인 밀밀승조차 은근히 그를 두려워할까.

마탑 내에서 그의 광기를 무시할 수 있는 사람은 호존십팔승의 수좌인 흑암승밖에 없다.

"그 아이는 당신 누이가 아니라… 대공자께 바쳐질 제물이오."

결국 밀밀승이 떨떠름한 표정으로 말했다.

"대공자? 대공자가 어떤 놈이야?"

예상대로 흥성을 터뜨리는 광마.

밀밀승은 고개를 설레설레 흔들며 한숨을 내쉬었다. 그러자 사악도인이 대신 대답했다.

"본 탑의 작은 주인이잖소."

"작은 주인? 그럼 큰 주인은 누구지?"

"이런! 호존승이 마탑의 주인도 몰라?"

환락승이 듣고 있다가 버럭 고함을 질렀다.

"몰라. 기억이 안 나."

"이익!"

환락승은 뺨을 씰룩이다가 제 가슴을 쳤다.

어린 시절부터 광증을 앓고 있는 그의 처지를 이해하기에 억지로 화를 가라앉히는 것이다.

"잘 들어. 벌써 몇 번짼지 모르겠지만……. 본 탑의 주인은 영원불멸하신 천마대제. 천마대제께서 환생하시기 전까지는 그분의 후인이신 대부인이 마탑의 주인이시다. 대공자는 그분의 아드님이고."

"대, 대부인!"

이제껏 당당하던 광마가 대부인이라는 말이 나오자 흠칫

몸을 떨었다.

"그래. 두려워하는 걸 보니 이제 기억이 난 모양이군."

기억나다 뿐인가?

지금의 상처도 따지고 보면 그녀 때문에 얻은 것인데…….


삼 년 전.

더 이상 발전도 퇴보도 없는 무공의 벽.

그 한계를 깨뜨리기 위해 무리하다가 그만 주화입마에 빠져 버렸다. 그때 하필이면 대부인이 마탑을 방문 중이었고, 그녀 호위들과 시비가 붙어 그들을 도륙해 버리고 마탑을 빠져나왔다.

그로 인해 대부인의 추살령이 내렸고, 끊임없는 추적에 시달리게 됐다. 그러나 세월이 흐르자 진노가 사그라졌는지 추살령이 소환령으로 바뀌었고, 해마다 사람을 보내 그를 마탑으로 복귀시키려 애썼다. 그러다가 더 이상 참기 힘들었는지 강제 소환이 시작됐고, 급기야 며칠 전에 백여덟 명으로 이뤄진 추혼사자들이 찾아왔다.

그들과 실랑이를 벌이다가 싸움을 벌이게 됐는데 정작 부상은 엉뚱한 곳에서 당하게 됐다.

어떻게 알았는지 영웅성의 고수들, 특히 천화신검 장무욱이 이끄는 백의전 무인들과 종남파 고수들이 인근에 잠복하고 있었던 것이다.

마치 독 안에 든 쥐처럼 그들 양쪽으로부터 합공을 당해 어이없는 부상을 당하게 됐고, 홧김에 천화신검 일행을 반 이상 괴멸시킨 후 겨우 상처를 치료할 만한 동굴을 찾을 수 있었다. 거기서 황황홀홀을 넘어 적막지경에 이르렀다가 흑오의 염파를 듣고 여기까지 오게 됐으니, 지금 상황을 어떻게 표현해야 할까?

"아차! 이럴 때가 아니군. 얼른 이곳을 떠나야겠어."
광마는 서둘러 흑오를 안아 들었다.
"어딜 가시려고?"
밀밀승이 앞을 막아섰다.
"대부인이 사람을 보냈어. 그들이 오기 전에 어서 이곳을 떠나야 해."
조금 전까지만 해도 성난 호랑이처럼 굴더니, 이제는 옆집에 놀러 가는 사람마냥 씨익 웃으며 대답한다.
밀밀승은 그게 더 불편하게 느껴졌다.
"갈 때 가더라도 그 아이는 두고 가시오."
딱딱한 목소리로 경고하자 광마의 표정이 확 일그러졌다.
"개소리!"
그 말과 함께 그의 전신에서 스산한 살기가 피어올랐다.
다시 이전과 같은 분위기로 되돌아갔다.
그러나 밀밀승은 오히려 지금이 더 마음 편하게 느껴졌다.

"그럼 막을 수밖에."

씨익 웃으며 양손을 회색으로 물들이는 밀밀승.

순간, 두 사람 사이에 팽팽한 긴장이 흘렀다.

바람도 불지 않는데 거센 회오리바람이 불었다.

일촉즉발의 상황이라 느꼈는지 환락승과 사악도인이 밀밀승 옆에 섰다.

"크크크, 미안한 말이지만 너희 세 사람으로는 어림도 없어. 흑암승이 여기 있다면 또 모를까."

"글쎄……. 과연 그럴까?"

밀밀승이 여유롭게 웃으며 어딘가를 눈짓으로 가리켰다.

순간, 광마의 표정이 또 한 번 일그러졌다.

멀리서 누군가가 무서운 속도로 날아오고 있었던 것이다.

"떨거지들이 더 있었군."

그 말이 끝나고 촌각도 지나지 않아 네 사람이 나타났다.

한참 전에 쏘아 올린 밀밀승의 신호를 보고 달려온 저주승과 이간승, 구겁승과 황금승이었다.

그들은 놀란 표정으로 주변을 훑어보다가 밀밀승의 신호를 받고 급히 광마를 에워쌌다.

"크흐흐, 한주먹 거리도 안 되는 것들이 감히 나와 맞짱을 뜨겠다고?"

광마가 씨익 웃으며 태양부를 아로 세웠다.

"한주먹이 될지 한 아름이 될지 알 수 없지만, 우릴 쓰러뜨리려면 그대도 목숨을 걸어야 할걸?"

밀밀승이 태연한 안색으로 맞받아쳤다.

옳은 말이다.

세 사람이라면 몰라도 저주승과 이간승 등이 합류한 이상 승부를 장담하기 힘들다.

저들 하나하나가 최하 초절정에 이른 고수들!

반면 자신은 흑오를 보호하면서 싸워야 하니 승산이 매우 희박했다.

'하지만 꼭 이길 필요까지는 없지……'

조금 있으면 저 불길을 보고 추혼사자들이 몰려올 터.

아무리 죽여도 죽지 않는 괴물 같은 놈들.

그들과 싸우느니 차라리 이들과 싸우는 게 낫다. 최소한 몸은 빼낼 수 있을 테니.

"좋아, 좋아! 오랜만에 피 맛을 볼 수 있겠군."

광마가 씨익 웃으며 태양부를 치켜들었다.

뒤이어,

"크흐흐! 죽고 싶지 않으면 모두 꺼져! 태(太)―양(陽)―분(分)―혼(魂)!"

천둥 같은 고함을 지르며 다짜고짜 태양부를 내리찍는 광마.

콰콰콰콰콰!

시퍼런 강기가 해일처럼 밀려오자 밀밀승은 안색을 굳히

며 잇달아 서른세 번의 장력을 발출했다.

우르르르르, 콰콰쾅!

두 사람이 정면으로 부딪치자 번천지복의 굉음이 터지고, 밀밀승이 창백한 안색으로 쿵, 쿵, 쿵, 세 걸음 뒤로 밀려났다. 순간, 환락승이 광마를 향해 검환을 쏘았고, 사악도인이 지풍을 날렸다. 동시에 저주승과 이간승, 구겁승과 황금승 등이 몸을 날려 일제히 광마를 공격하기 시작했다.

선장과 계도, 포승줄과 암기가 날아다니고 사방에 강기가 번쩍이는 무서운 격투.

그때부터 산천초목이 떨고 추풍낙엽마저 숨을 죽인 칠 대 일의 혈투가 시작되었다.

제36장

조우

魔道

道

天下

공전절후(空前絶後)의 격투!

한때는 동료였던 이들과의 피 튀는 혈투에서 광마는 계속 우위를 차지하고 있었다.

이제 몇 번만 더 몰아붙이면 몸을 빼낼 수 있을 것이라고 생각하는 찰나, 강한 반격에 부딪쳤다.

하긴 화상을 입었다지만, 황홀경에 이른 고수가 두 명이나 끼었으니 일방적으로 당하고 있을 리는 없다.

거기다 가장 거추장스럽고 성가신 존재.

기괴한 목소리로 주문을 외우며 술법을 펼쳐 오는 사악도인 때문에 몇 번이나 위기를 겪게 됐다.

평소라면 술법쯤이야 안중에도 두지 않겠지만 경천동지할 능력을 가진 여섯 명과 싸우다 보니 자꾸 신경이 분산됐다.

그 틈을 노리고 달려드는 사이한 환영(幻影)들.

순간순간 왜곡되고 비틀리는 공간의 함정들.

그 때문에 번번이 상대를 놓치거나 헛손질하게 되니 이전의 기세는 간곳없이 사라지고 차츰 궁지에 몰리게 됐다.

술법이란 모름지기 정신이 혼란할 때 더 위력을 발휘하는 법.

"빌어먹을! 그놈의 주둥아리, 제발 좀 닥치고 있지 못해!"

결국 광마는 울화통이 터져 불문곡직(不問曲直)하고 사악도인부터 쫓아다녔다.

그 바람에 밀밀승과 황금승의 공격을 받아 몇 군데 상처를 입었지만, 사색이 되어 도망 다니는 사악도인을 보니 잠시 통쾌해지기도 했다.

하지만 그래 봐야 미봉책에 불과할 뿐, 근본적인 해결책은 되지 못한다.

'크으…….. 진드기 같은 놈들!'

이렇게 싸우다가는 죽도 밥도 안 될 터.

'더 늦기 전에 뭔가 돌파구를 찾아야 하는데!'

그런 생각으로 고민하고 있을 때,

"으음……."

희미한 신음을 흘리며 흑오가 눈을 떴다.

이때까지 혼절해 있다가 사방에서 불어오는 살인적인 기파에 놀라 의식을 회복한 것이다.


'이 사람은 누구지……?

흑오는 흐릿한 눈으로 광마를 쳐다봤다.

낯선 체취.

부담스러운 근육.

묵자후가 아니었다.

'캇!'

그가 와주길 바랬는데…….

헛된 기대였을까?

흑오의 눈에 서운한 기색이 어렸다.

'역시 엄마 말이 옳았어. 그는 나를 기다리지도 않고 찾아와 주지도 않았어. 내가 귀찮으니까 나를 버린 거야. 틀림없어…….'

애꿎은 묵자후를 원망하며 흑오는 몸을 비틀었다.

낯선 사람 품에 더 이상 안겨 있기 싫어서였다.

그러나 짧은 신음을 흘리며 다시 축 늘어지는 흑오.

'으음…….'

온몸에 힘이 하나도 없었다. 더욱이 몸을 움직이려는 순간 뼈마디 전체가 으스러지는 듯한 느낌이 들어 손가락 하나 까닥할 수 없었다. 때문에 정상적인 상황이라면 팔뚝을 깨물어서라도 낯선 거한에게서 벗어났겠지만 몸 상태가 말이 아닌지라, 그리고 그가 왠지 자신을 보호하고 있는 것 같아 어쩔수 없이 주위를 둘러봤다.

흉흉한 살기.

탐욕 어린 눈빛.

상황은 여전했다.

비록 거한이 열심히 싸우고는 있었지만 이전과 크게 달라진 건 없다.

여전히 자신을 잡아가려고 날뛰는 이들.

흉악한 표정으로 마구 살수를 날리고 있다.

그런데 한 가지 이상한 건, 저들이 은연중에 이 사람을 두려워하고 있는 것 같다는 점이었다.

'왜지? 이 사람은 이미 부상까지 당했는데?'

그러다가 문득 깨닫게 됐다.

'그렇군! 이 사람, 강해! 나 때문에 이렇게 다친 거야!'

그렇지 않다면 거의 일방적으로 공격을 가해오다가도 그가 도끼를 휘두르는 순간, 소나기에 놀란 메뚜기처럼 이리저리 달아날 필요가 없다. 특히 저 악마 같은 도사가 그와 눈을 마주치지 않으려고 밀밀승 등 뒤에 숨어 있을 까닭은 더더욱 없다.

'그렇다면?'

해답은 하나뿐이다.

'저들이 원하는 건 나야. 나만 없으면 이 사람은 마음껏 싸우거나 도망칠 수 있어.'

그렇게 결론을 내린 흑오는 힘겹게 손을 들어 광마의 옆구리를 쿡쿡 찔렀다.

'날 내려줘!'

그런 표정으로 바라보자, 흑오가 정신을 차린 게 반가운 듯 씨익 웃던 광마가 무슨 소리냐는 듯 고리눈을 치떴다.

그러는 와중에 두 개의 염주가 귓불을 스치며 지나갔고, 다섯 개의 동전이 새파란 불똥을 일으키며 이리저리 튕겨났다.

'저들이 원하는 건 나야. 그러니 나를 내려놓고 싸우든지 도망치든지 마음대로 해!'

흑오는 짐이 되고 싶지 않아 눈빛으로 말했다. 순간 광마의 눈에 한줄기 빛이 번쩍였다.

'그렇군!'

이제야 깨달았다는 듯 두어 번 고개를 끄덕이던 광마.

"으랏찻차!"

힘찬 기합성으로 흑오를 바닥으로 내려놓는 게 아니라 엉뚱하게도 자기 머리 위로 던져 올리더니, 품 안에서 작은 도끼를 꺼내 사악도인의 정수리 쪽으로 휙 집어 던졌다. 동시에 팔방풍우의 초식으로 밀밀승 등을 물리친 뒤 다시 흑오를 받으려 했다.

그런데 거기서 문제가 발생했다.

광마 딴에는 저 미꾸라지 같은 사악도인만 죽이면 나머지 여섯 명은 문제가 아니라고 생각했다. 그래서 일부러 흑오를 자기 머리 위로 집어 던진 것인데, 그게 결정적인 실수였다.

그동안 쥐새끼처럼 도망만 다니던 사악도인.

그의 이마 쪽으로 작지만 무시무시한 도끼가 날아오자 마치 자포자기한 사람처럼 등을 돌리더니 두 손가락을 오므려 날아오는 도끼를 콱 집어 버린다.

그 대가로 두 손가락에 허연 뼈가 드러나고 붉은 피가 철철 흘러내렸지만 도끼는 사악도인 코앞에서 딱 멈췄고, 허공으로 던져 올렸던 흑오에게 문제가 발생했다.

저 뒤에서 호시탐탐 기회만 노리고 있던 구겁승.

그가 포승줄을 날려 흑오를 꽁꽁 묶어버린 것이다.

"이런!"

광마가 경호성을 발하며 몸을 날렸지만, 기묘하게 포승줄을 조종해 흑오를 완전히 자기 쪽으로 낚아채 버린 구겁승.

칼날 같은 손톱을 흑오의 목에 갖다 대며 차갑게 소리친다.

"멈춰!"

그의 경고에 광마는 우뚝 멈춰 설 수밖에 없었다.

검붉은 포승줄에 묶여 부르르 떠는 흑오를 보니 과거의 악몽이 되살아난 것이었다.

그 기억이 이성을 억압했을까?

원통한 듯 뺨을 씰룩이다 힘없이 도끼를 떨어뜨리고 마는 광마.

구겁승은 안도한 표정으로 득의의 미소를 지었다.

그가 어깨를 으쓱이며 동료들에게 광마를 제압하라고 눈짓을 보내는 순간,

"조심해!"

갑자기 밀밀승의 고함 소리가 들려왔다.

깜짝 놀라 정신을 차려보니 바닥에 떨어지던 줄 알았던 도끼가 광마의 발길질에 의해 맹렬한 회전을 일으키며 코앞으로 날아든다.

"헉!"

황급히 고개를 젖혀 그 도끼를 피하려 했지만,

퍽……!

섬뜩한 음향과 함께 시야가 뿌옇게 흐려진다.

"끄르륵!"

피가래 끓는 소리를 내며 하얗게 눈을 까뒤집는 구겁승.

어느새 날아온 광마가 그의 이마와 쇄골 일부를 쪼개 버린 도끼를 뽑아 목을 쳐버린다.

촤악!

붉은 선혈이 치솟고 통나무처럼 바닥으로 쿵, 쓰러지는 구겁승의 시체.

그마저 보기 싫다는 듯 저 멀리 걷어차 버린 광마승은 한숨 돌렸다는 표정으로 흑오를 와락 품에 끌어안았다.

"괜찮아, 누나?"

그 말에 흑오는 멍한 표정으로 광마를 쳐다봤다.

'누나……?'

생소한 호칭이었다.

그러나 묵자후와 다닐 때 세상 사람들이 가끔 그렇게 부르는 걸 들어본 기억이 났다. 특히 어린 꼬마들이 키 큰 여자에게 그렇게 부르던 기억이 났다.

'내 키가 훨씬 더 작은데?'

그보다 더 심각한 문제는, 꼬마들이 누나라고 부르면 그 여자들이 환하게 웃으며 그 아이들을 업어주더라는 것.

"캇!"

그럼 나보고 업어달라는 소린가?

'싫어!'

내가 어떻게 당신을 업어? 라는 표정으로 광마를 쏘아봤다.

하지만 현실과 과거를 오락가락하고 있는 광마.

그는 흑오의 눈빛을 자기 마음대로 해석했다.

과거에도 누나가 저런 눈빛으로 자신을 나무란 적이 많았다.

"미, 미안해, 누나. 내가 바보 같은 짓을 했어. 다시는 누나를 위험하게 놔두지 않을게."

그러면서 흑오를 등에 업고 밧줄로 꽁꽁 묶어버린다. 자기 몸과 함께.

'……?'

흑오는 또 한 번 멍한 표정을 지었다.

그가 내 누나가 되려는 것일까?

'왠지 그것도 싫은데…….'

흑오 역시 엉뚱한 해석을 하고 있는 사이, 광마는 흑오를 업고 천천히 돌아섰다.

그때까지도 여섯 사람은 아연실색한 표정으로 공격할 엄두를 내지 못하고 있었다.

'정말 저 아이를 친누나로 생각하고 있단 말인가? 같은 호존승을 거침없이 죽여 버릴 정도로?'

지금 밀밀승 등이 느끼는 충격은 엄청났다.

비록 그가 흑오를 지키기 위해 날뛰고 있지만 그건 광증을 앓고 있기 때문이라고 생각했다. 그래서 자기들이 아무리 거칠게 손을 쓰더라도 최후의 순간이 되면 일말의 정을 베풀어 줄 것이라고 생각했다.

그런데 그게 얼토당토않은 착각임이 증명된 것이다.

이제는 정말 그와 생사의 격전을 벌여야 한다!

그런 생각을 하니 가슴에 납덩이가 들어찬 듯 묵직한 기분이 들었다.

구겁승이 살아 있을 때까지만 해도 자신이 있었지만, 구겁승이 죽고 사악도인마저 손가락을 다쳐 술법을 펼치기가 쉽지 않으니 어떻게 상대해야 할지 암담했던 것이다.

그렇게 멍하니 서 있는 사이, 광마가 다시 공격을 가해왔다.

"와아아악! 전(轉)—륜(輪)—태(太)—양(陽)!"

이번엔 차원이 전혀 다른 공격이었다.

성난 황소처럼 여섯 사람을 몰아붙이는 광마.

마치 영약을 단지째 들이마시기라도 한듯 어마어마한 강기를 퍼부어댔다.

조금 전에 겪은 가슴 철렁한 위기가 상단전을 자극해 적막경의 무위를 발현하게 만든 것이었다.

하지만 그런 사실을 알 리 없는 밀밀승 등은 해연히 놀라 전신 공력으로 그와 맞섰다.

꽈르르르르릉!

또다시 번천지복의 굉음이 터지고 자욱한 돌개바람이 휘몰아쳤다.

그리고 펼쳐진 광경.

"으으, 이럴 수가? 우리 여섯 명이 힘을 합쳐도 그에게 상대가 안 된단 말인가?"

믿기지 않는다는 듯 뺨을 푸들푸들 떠는 밀밀승.

그를 포함해 여섯 사람의 허벅지가 모두 땅속에 폭 파묻혀버렸다. 그리고 시간이 지날수록 점점 더 깊이 빠져 들어가자 내공이 가장 약한 사악도인이 밀랍처럼 창백한 안색으로 힘겹게 입을 열었다.

"우욱……. 이러다가는 우리 모두 질식사하거나 심맥이 으스러지겠소. 그러니 한 분이 나서서 그의 등 뒤를 공격해 주시오. 그때까지는 어떻게든 버틸 수 있을 것 같으니."

사악도인 딴에는 궁여지책으로 해본 말에 불과했다.

그러나 그 말이 끝나기 무섭게 압력이 확 줄어들었다.

'휴……. 하마터면 황천길로 직행할 뻔했군!'

역시 광증을 앓으면 판단력이 떨어질 수밖에 없다.

사악도인이 필사적으로 쥐어짜 낸 협박 아닌 협박에 놀라 허둥지둥 뒤로 물러난 광마.

덕분에 위기를 모면했지만 앞으로 어찌 싸워야 할지 대책이 서지 않았다.

혹시 누가 등 뒤의 흑오를 공격할까 봐 풍차처럼 도끼를 붕붕 돌리고 있는 광마.

점차 그의 모습이 사라지고 도끼 그림자만 번쩍인다.

그것도 강기를 동반한 무시무시한 광풍을 내뿜으며.

그 광경을 보고 여섯 사람은 진저리를 쳤다.

"으으, 도저히 안 되겠소. 어찌 된 영문인지 그의 무위가 흑암승에 버금가는 것 같소. 괜히 그를 막으려고 하다간 우리까지 줄초상 날 거요."

"그럼 어쩌자고?"

"아쉽지만 일단 뒤로 물러납시다. 보아하니 그도 우리와 끝장 볼 심산은 아닌 것 같소."

뒤늦게 합류한 황금승 등이 슬금슬금 꽁무니를 빼려 했다. 그러자 밀밀승이 안색을 굳히며 말했다.

"그건 안 되오! 저 아이가 어떤 아이인지 다들 아시지 않소?"

"끙……."

"옳은 말이오. 이대로 물러나면 대부인께 할 말이 없게 되오."

사악도인이 밀밀승의 말을 거들었다. 거기에 환락승이 쐐기를 박았다.

"지금 무슨 소리들을 하고 있는 거야? 대부인을 떠나, 저년이 내 눈을 이렇게 만들었어! 그리고 저 미친놈이 구겁승을 죽였어. 그런데 이대로 물러나자고?"

환락승이 핏대를 세우며 소리치자 세 사람은 더 이상 할 말이 없어 입을 다물고 말았다.

하지만 앞으로 나아가지도 못하고 뒤로 물러서지도 못하는 상황.

여섯 사람이 진퇴양난에 빠져 전전긍긍거리고 있을 때, 저먼 하늘에서 검은 구름이 몰려왔다.

처음엔 먹구름인가 싶었지만 아니었다. 안개처럼 뭉클거리며 무서운 속도로 이쪽을 향해 날아오고 있었다.

"이런, 벌써 나타났군!"

광마는 안개를 보자마자 바짝 긴장했다.

정신없이 밀밀승 등과 싸우다 보니 저들이 오는 것도 눈치 채지 못했다.

그나마 다행인 건 아직 저들과 거리가 있고, 밀밀승 등이 더 이상 자신과 적극적으로 싸울 의지가 없어 보인다는 것.

'그렇다면!'

경계 어린 눈으로 먼 하늘과 여섯 사람을 번갈아 쳐다보던 광마는 갑자기 태양부를 들어 지면을 쿵! 하고 내리찍었다. 그러자 대지가 우르르 떨리고 자욱한 흙먼지가 피어올랐다.

그 서슬에 놀라 후다닥 뒤로 물러나는 여섯 사람.

광마는 그 틈을 이용해 쏜살같이 남쪽 하늘로 사라졌다. 검은 안개가 날아오는 반대 방향이었다.

그 광경을 보고 멍하니 굳어버린 여섯 사람.

설마하니 광마가 저런 식으로 도망갈 줄은 몰랐기에 서로를 보며 어이없다는 표정을 지었다.

그런 그들 앞에 검은 구름이 나타났다.

하나같이 흑의 무복 차림에 검은 죽립을 쓴 이들.

복면과 피풍의마저 같은 색으로 통일한 그들은 각자 다른 병장기를 쥐고 있었다. 눈빛 역시 제각각이었지만 두 눈에서 푸르스름한 귀기가 흘러나온다는 공통점을 지니고 있었다.

그들이 장내에 도착해 귀기 어린 눈으로 자신들을 살피자 밀밀승은 가슴이 철렁 내려앉는 기분이었다.

'맙소사! 추혼백팔사자(追魂百八使者)! 추혼백팔사자가 그를 쫓고 있었단 말인가?'

분위기를 보니 틀림없는 것 같다.

하지만 광마를 잡기 위해 저들을 파견했을 줄이야?

'소환령으로 바꿨다더니, 다시 추살령을 내리셨단 말인가?'

그렇다 하더라도 말이 되지 않는다.

그가 알기로, 저들은 아직 강호에 나타나면 안 된다.

저들이 등장하는 순간 강호에 일대 파란이 일어나게 되니.

'그럼에도 불구하고 저들을 움직였다는 건 벌써 모든 준비를 다 마쳤다는 말인데…….'

곰곰이 생각해 봤지만 그 역시 말이 되지 않는다.

준비가 완료되기 위해선 반드시 흑오가 있어야 한다.

'그런데 왜……?'

답은 간단했다.

누군가가 충동질했거나 뭔가 착오가 생겼다.

그럼 혹시?

"사악도인!"

밀밀승이 무시무시한 눈빛으로 사악도인을 노려봤다.

"설마… 당신! 당신이 저들을 움직이자고 했소?"

"그, 그게…….'"

우물쭈물 대답을 회피하는 사악도인.

밀밀승은 기가 막혀 할 말을 잃어버렸다.

현재 마탑과 흑마련을 통틀어 추혼백팔사자를 움직일 수 있는 사람은 단 세 사람뿐이다.

그중 한 사람은 사악도인이고, 나머지 두 사람은 그의 제자와 대부인이다.

하지만 사악도인이나 대부인도 추혼백팔사자를 완벽하게 통제하지 못한다. 그래서 흑오가 필요한 것인데…….

그런 생각을 하다가 갑자기 무서운 예감이 떠올라 제자리에서 펄쩍 뛰며 소리쳤다.

"저들을 막으시오, 어서! 그 아이! 그 아이가 광마승과 함께 있잖소!"

밀밀승이 비명을 지르듯 소리쳤지만, 이미 추혼백팔사자는 썰물처럼 장내를 빠져나간 뒤였다.

그리고 탄식처럼 들려오는 사악도인의 변명.

"나도 저놈들을 말리려 했지만… 통제가 되지 않소이다. 아시다시피 벌써 명령이 각인된 상태라…….

"그럼 방법이, 방법이 없단 말이오?"

"그게… 저들에게 내려진 명이 완수된 뒤에야 다음 명을 내릴 수 있는지라…….

"그럼 광마승이 죽어야만 철수 명령을 내릴 수 있단 말이오?"

"그럼… 소이다."

"맙소사!"

벌써 광마는 저들의 손아귀에서 한 번 벗어난 적이 있다.

한 번 빠져나온 사람이 두 번인들 못 빠져나가랴?

거기다 지금 그 곁엔 흑오가 있다.

비록 지금이야 기진맥진한 상태로 업혀 있다지만 언제 기운을 차릴지 알 수 없는 노릇이 아닌가?

"정말 미치고 환장할 일이로군! 벌써 그 아이의 각성이 시작됐는데 광마승을 죽여야만 철수시킬 수 있다니. 그런 멍청한 괴물들을 왜 벌써 움직인 거요?"

"그게… 죄송하게 됐소이다. 일이 이렇게 꼬일 줄은 나도 몰랐소. 여러분들과 제가 함께 움직이니 그 아이를 붙잡는 건 일도 아니라고 생각했소. 그래서……."

사악도인의 변명 아닌 변명.

차라리 안 듣느니만 못했다.

정파 쪽에 혹시 광마와 같은 초고수가 존재할지 모르니 만약을 대비해 광마를 상대로 추혼백팔사자의 능력을 시험해보고자 했다는 것.

"바보 같은! 당신이 주장해서 만든 괴물들이 아니오? 그들의 능력에 대한 확신도 없으면서 대부인께 장담을 했더란 말이오?"

"그게 아니라… 광마 같은 고수는 인세에 드물지 않소이까? 거기다 이미 대부인의 눈 밖에 났고, 그가 어디로 움직일지 아는 상황인지라 천려일실(千慮一失)을 방지하기 위해 부득불……."

"천려일실? 그 천려일실을 방지하기 위한 실험 대상이 하필이면 우리 호존십팔승 중에 한 사람이란 말이오?"

밀밀승의 눈에 진한 살기가 어렸다.

하지만 이미 엎질러진 일.

더 이상 추궁해 봐야 의미가 없다.

대부인의 승낙까지 받았다니 현재로서는 최악의 상황을 대비해 수습책 마련에 주력해야 한다.

"일단 근처에 있는 아이들을 총동원해야겠소. 그리고 만약의 사태를 대비해 우리도 그를 뒤쫓아야 할 것 같소."

밀밀승이 결정을 내리자 모두 한숨을 쉬며 고개를 끄덕였다.

잠시 후, 이간승과 환락승은 호북과 섬서 지경에 있는 흑마련 수하들에게 연락을 취하러 떠났고, 나머지 사람들은 광마승 추적에 나섰다.

이미 사악도인이 호존승 모두에게 특별한 주술을 걸어뒀기에 어디를 가더라도 쉽게 위치를 파악할 수 있었다. 때문에 그들은 얼마 지나지 않아 추혼백팔사자와 혈투를 벌이고 있는 광마승을 발견할 수 있었다.

그리고 그의 퇴로를 차단하기 위해 몸을 날리려는 찰나, 그들은 또 한 사람을 보게 됐다.

아득한 창공을 가로지르며 경쾌하게 날아오고 있는 승복 차림의 어린 소녀를…….


*　　　　*　　　　*


묵자후는 천천히 말을 달리고 있었다.

마음 같아서는 한달음에 중원제일루로 가고 싶었지만, 길도 잘 모르는데다 추풍의 몸 상태가 완전치 않아 애써 무리하지 않고 있었다.

또한 혹시라도 뒤따라올지 모르는 혹오를 위해 여기저기에 표식을 남겨야 했으니 굳이 추풍을 재촉할 이유도 없었다. 때문에 남들이 보면 한가롭다고 여길 정도로 느릿느릿 움직이고 있었다.

그런데 묵자후는 애원에 가까운 혹오의 염파를 못 느끼고 있는 것일까?

정답은 그렇다, 였다.

이유는 간단했다. 혹오와 너무 멀리 떨어져 있기 때문이었다.

본래 염파란 뇌의 파동에 의지를 실어 외부로 발산하는 것.

따라서 거리가 멀면 상대에게 영향을 미치기가 힘들었다.

물론 예외적으로 뇌파, 즉 뇌의 파동이 일치하면 먼 거리에

있어도 서로 의사를 주고받을 수 있지만, 그런 경우는 억만분
지 일도 되지 않았다.

때문에 흑오와 일정 거리에 있던 광마나 뇌파가 일치하는
은혜연은 쉽게 흑오의 염파를 느낄 수 있었지만, 이미 진령산
맥을 벗어난 묵자후는 안타깝게도 그렇지 못했다.

그러나 언젠가부터 저 뒤에서 뭔가 이상한 기운이 몰려들
고, 원인을 알 수 없는 불길한 일이 벌어지고 있다는 것 정도
는 느낄 수 있었다.

절정에 이른 무인들은 백 리 밖의 개미 소리도 듣는다고 하
지 않던가? 그와 같은 이치였다.

불가에서 말하는 육신통(六神通). 그 능력이 극에 이르면
앉아서 삼천리, 서서 구만리가 가능해진다고 한다.

물론 묵자후는 아직 서서 구만리의 경지에까지는 이르지
못했다. 그러나 천이통(天耳通)에 버금가는 능력은 갖고 있었
다. 그래서 가끔 등 뒤를 돌아보며 고개를 갸웃거렸는데, 금
후 녀석이 그와 마찬가지로 안절부절못하며 진령산맥 쪽을
뒤돌아보기 시작했다. 그러다가 녀석이 꽥꽥거리며 안장 위
에서 날뛰기 시작하자 묵자후는 자기도 모르게 흑오의 얼굴
이 떠올랐다.

'설마 그 녀석에게 무슨 안 좋은 일이……?'

그런 생각으로 말고삐를 잡아당기는데, 저 앞쪽에서 낯선
기파가 몰려왔다.

무려 수백 명에 달하는 무인들.

그중 한 사람은 남해신검에 버금가는 초절정고수였다. 그리고 그 주위에 있는 네댓 명은 음양필 구당에 버금가는 초고수였고…….

물론 그들의 무위가 그렇다는 게 아니라 느껴지는 기파가 그 정도라는 말이었다.

'누구지……?'

무슨 일이라도 벌어진 것처럼 급박하게 달려오는 그들.

왠지 살벌한 느낌이 들었다.

돌아서자니 도망가는 것 같고, 그대로 가자니 진령산맥이 마음에 걸리고…….

그런데 기파의 방향을 보니 마침 진령산맥 쪽으로 향하고 있다.

'그렇다면 잠시 기다려 보는 게 낫겠군.'

그들의 정체가 뭔지, 무슨 일로 진령산맥으로 향하는지 지켜보면 연유를 알 수 있으리라 생각하고 묵자후는 추풍을 몰아 한쪽 옆으로 물러섰다.

"음?"

장무욱은 급하게 말을 달리다가 잠시 속도를 늦췄다.

저 앞쪽에서 뭔가 거대한 철벽이 버티고 있는 것 같은 기분이 들어서였다.

'이 느낌… 좋지 않군.'

장무욱은 손을 들어 수하들에게 신호를 보냈다.

앞쪽에 뭔가 있으니 조심해서 수색해 보라고 지시한 것이다.

옷자락을 날리며 숲 속으로 달려가는 수하들.

그러나 스무 명 정도로는 미덥지 않아 의혈당주(義血堂主)와 비마당주(飛馬堂主)에게 따라가 보라고 눈짓을 보냈다.

목례와 함께 바람처럼 사라지는 두 사람.

그제야 뭔가 심상치 않다고 느꼈는지 종남파 장로, 운현자(雲玄子)가 고개를 갸웃하며 물었다.

"대협, 무슨 안 좋은 징후라도 느끼셨소?"

그 질문을 받는 순간, 철벽같은 기운이 사라지고 안개 같은 기운만 넘실거린다.

'착각이었나?'

그럴 리 없을 텐데 싶어 말을 몰아 앞으로 달려가는데, 멀리서 은은한 호통 소리가 들려왔다. 순간, 모두의 안색이 딱딱하게 굳어가고, 일부 무인들이 앞으로 나아와 검진을 형성했다. 나머지 무인들은 후방을 경계하거나 숲 속으로 달려갔다.

묵자후는 어이가 없어 잠시 침묵을 지켰다.

다짜고짜 달려와 앞을 가로막는 이들.

하나같이 백의 무복 차림에 진주가 박힌 영웅건을 둘렀다. 거기에 은색 피풍의를 늘어뜨렸고 금색 수실이 달린 검을 지니고 있어 꼭 어디선가 본 듯한 차림새였다.

하지만 강호에 백의 무복과 은색 피풍의를 착용하는 단체가 어디 하나둘인가?

그래서 판단을 유보하고 눈인사를 보내는데, 뜬금없이 신분을 캐묻고 어디서 왔는지, 어디로 가는지, 그리고 소속이 어딘지를 밝히라고 강요한다.

기가 막혀 입을 다물고 있으니 일제히 검을 뽑아 들고 자기들과 동행할 것을 요구한다. 실로 어이가 없다 못해 한숨이 나올 지경이었다.

그런데 뒤늦게 나타난 저 두 사람은 또 뭐란 말인가.

보아하니 이들의 책임자인 것 같은데 수하들을 말리기는커녕 오히려 불을 끼얹듯 무례한 태도로 사문을 캐묻는다.

물론 그들 딴엔 묵자후에게서 이질적인 기운을 느껴 심문을 하려는 것이었겠지만 그 태도가 상식을 넘어섰다. 마치 죄인 다루듯 몰아붙이니 묵자후 아니라 묵자후 할아버지라도 기분이 상할 수밖에 없다.

하지만 의혈당주 맹초혁(孟楚赫)은 묵자후보다 더 기분이 상했다.

며칠 전 광마에게 많은 수하들을 잃어 장무욱 앞에서 고개도 제대로 들지 못하는 사람이 바로 최근의 그였다.

그래서 명예 회복할 기회만 노리고 있었는데 마침 기회가 왔다.

묘한 시점, 묘한 상황에서 걸려든 정체불명의 인물.

약관의 나이에 수려한 외모.

짙은 흑의에 도를 차고 있으니 당연히 무인일 터.

그러나 정파 특유의 기도가 느껴지지 않으니 필시 낭인 아니면 사마외도(邪魔外道) 쪽이리라. 그래서 혹시 흑마련의 주구가 아닐까 싶어 신분과 소속을 물어보는데 놈의 기세가 의외로 만만찮았다.

웬만한 무인들은 자기 눈빛만 봐도 오금을 떠는데 저놈은 오히려 두 눈 똑바로 뜨고 자신을 쳐다보고 있는 게 아닌가?

'그래, 네놈이 성깔 좀 있단 말이지? 그러나 이놈! 사람 잘못 골랐다!'

어딜 가나 저런 놈은 꼭 하나씩 있기 마련이다.

주제 파악 못하고 자존심만 산 놈.

그런 놈들을 짓눌러 주는 게 자신의 특기다.

강한 놈은 더 강하게!

오죽하면 강호 동도들이 성질 좀 죽이라며 상유태세(尚柔太歲)라는 별호를 지어줬을까?

"오냐, 요 버르장머리없는 놈! 네놈이 정녕 권주 대신 벌주를 받겠단 말이지? 좋아. 사문을 밝히든 소속을 밝히든 양자택일을 해라. 셋 헤아릴 때까지 대답하지 않으면 인세의 지옥을 맛보게 될 것이다!"

벽력같은 고함으로 묵자후를 쏘아보는 맹초혁.

호통은 물론이고, 안광에도 무형의 살기를 실었기에 이쯤
되면 대부분 꼬리를 말고 만다. 그러나 맹초혁은 이내 헛바람
을 들이켜야만 했다.

"훗, 정말 웃기는 사람이군. 백주대낮에 검을 뽑아 들고 사
문과 소속을 밝히라니? 당신들이 누구기에? 내가 왜 그대들
의 질문에 대답해야 하고 혼이 나야 하는지 그 이유를 설명해
봐."

싸늘한 묵자후의 말에 맹초혁은 머릿속으로 횅한 바람이
지나가는 것을 느꼈다.

상유태세. 그러나 스스로 열화패검(熱火覇劍)이라 부르며
강호를 종횡한 지 이십여 년.

이렇게 두 눈 똑바로 뜨고 대드는 놈을 만난 게 과연 얼마
만이란 말인가.

"정녕 천둥벌거숭이 같은 놈이로구나! 네놈이 기어이 뼈마
디가 부러져 봐야 정신을 차리겠단 말이지?"

호통과 함께 맹초혁은 주먹을 휙 뻗었다.

장난처럼 공간만 점하고 되돌아오는 주먹.

그 위력은 절대 장난이 아니었다. 이른바 격산타우의 수법
으로 집채만 한 바위도 부숴 버리는 만근 경력이 실려 있다.

그런데!

'헉! 이게 어찌 된 일인가?'

만근 경력이 온데간데없이 사라졌다.

여전히 그 자리를 지키고 있는 묵자후.

그 주위로 미풍이 불며 그의 옷자락만 희롱할 뿐이다.

"자네, 뭐 하고 있는 겐가? 전주께서 보고를 기다리고 계실 터인데?"

남의 사정도 모르고 힐난하는 비마당주.

이런 시국에 왜 장난을 치느냐고 전음을 보내온다.

'이게 아닌데……?'

비록 오성의 공력이었다지만 저렇게 쉽게 흘려 버릴 권격이 아니다.

그렇다면?

"사술(邪術)이다! 의혈당은 뭣들 하고 있는 게냐? 당장 저놈을 포박하도록 하라!"

자존심이 상한 듯 벌컥 고함을 지르는 맹초혁.

묵자후는 피식 웃으며 혼잣말을 중얼거렸다.

"결국 전가(傳家)의 보도(寶刀)를 꺼내시는군."

명분이 없을 때 갖다 붙이는 억지신공. 상대의 힘이 강할 때 밀어붙이는 인해전술신공과 함께 정파 놈들의 주특기가 아니던가.

파라락!

묵자후가 싸늘한 냉소를 흘리는 순간, 의혈당 무인들이 일제히 몸을 움직였다.

일사불란하게 앞으로 나아와 검진을 형성하더니 상중하, 전후좌우, 찰나간에 일곱 방위를 봉쇄해 버린다. 그리고 또다시 한 발 앞으로 나아오며 살벌한 기수식을 취한다.

마치 손가락 하나라도 움직이면 전신을 난도질해 버리겠다는 듯이.

그때 그가 나타났다.

천화신검 장무욱!

당금 강호의 만승지존(萬乘之尊)이라 불리는 뇌존 탁군명의 대제자이자, 영웅성의 대외 무력을 총괄하고 있는 백의전 전주.

그가 묵자후와 첫 대면을 하게 된 건 진령산맥을 지나 서안(西安:옛 장안)으로 향하는 어느 분지에서였다.


좌우에 범강장달(范彊張達) 같은 수하들을 거느리고 장내에 도착한 장무욱.

"모두 검을 거둬라. 한 사람을 둘러싸고 이게 무슨 짓이냐?"

그가 눈살을 찌푸리며 이야기하자 의혈당 무인들이 일제히 검을 거두고 복명하는 자세를 취했다.

다들 당황한 기색이 역력했고, 그중에서도 맹초혁이 가장 당황한 기색이었다.

"저어, 그게……."

멩초혁은 곤혹스런 표정으로 급히 변명에 나섰다.

"흠, 그래……?"

전음으로 무슨 말을 들었는지 물끄러미 묵자후를 바라보는 장무욱.

'의혈당주 말대로 기도가 심상치 않군…….'

그러나 특별히 사악한 기운은 느껴지지 않는다. 오히려 일문의 종사(宗師)처럼 당당해 보인다고나 할까?

'음? 내가 지금 무슨 생각을?'

갑자기 헛웃음이 났다.

이제 겨우 약관에 이른 이를 두고 일문의 종사라니.

아무래도 최근에 흉흉한 일을 많이 겪어 마음이 어수선해진 모양이다.

"미안하지만 사문을 좀 물어봐도 되겠나? 그것만 밝히면 보내준다고 약속하지."

장무욱이 안색을 추스르며 말했다.

그의 신분을 감안하면 꽤나 겸손한 자세였다.

하지만 묵자후는 그렇게 생각하지 않았다. 그의 말속에 함정이 숨어 있다.

사문을 밝히면 보내주겠다니. 그럼 사문을 밝히지 않으면 못 보내주겠다는 소리 아닌가? 결국 엎어치나 메치나 맹초혁과 마찬가지다. 그런데 그걸 대단한 호의라도 베푸는 양 약속

운운하다니.

이번에는 묵자후가 물끄러미 장무욱을 쳐다봤다.

"당신들 행사는 다 이 모양인가?"

"음? 그게 무슨 소린가?"

장무욱이 눈썹을 꿈틀하며 물었다.

묵자후는 싸늘히 대답했다.

"사람을 눈 아래로 보는 습관. 상대가 어떻게 생각하든 필요한 것만 알아내면 된다는 마음가짐. 그리고, 당신들이 강자라서 아량을 베풀어준다는 듯한 태도!"

"……!"

장무욱은 순간적으로 할 말을 잃어버렸다.

신랄한 지적이었기 때문이다.

듣기에 따라서는 지나치다고 할 수 있겠지만 정곡을 찌르는 말이었다. 그래서 일순간 대답할 말을 찾지 못하고 눈썹만 꿈틀거렸다. 그러다가 겨우 생각해 낸 말.

"자네 말을 들어보니 우리가 조금 지나친 점이 있었던 것 같네. 그러나 어쩌겠는가? 때로는 대화로 풀어나가는 것보다 강압적으로 나가는 것이 더 효과적일 때가 있는 법. 그게 강호일세. 공평한 대우를 원한다면, 강자에게 억압받거나 무시당하는 게 싫다면 힘을 기르든지 애초에 강호에 뛰어들지 않으면 되네."

그 말을 하면서도 장무욱은 내심 씁쓸했다.

정(正)과 협(俠)을 지향했지만 어느새 힘을 숭상하게 된 자신의 본모습을 이야기하는 것 같아서.

그런데 상대의 반응이 묘했다.

정파 출신이라면 마땅히 반발하는 기색을 보일 것이고 사파나 마도 출신이라면 '너네도 별수없구나'라고 비웃는 기색을 띠어야 정상이다. 그런데 눈앞의 청년—소년이라고 하자니 뭔가 이상하다—은 공감한다는 듯 고개를 끄덕이는 게 아닌가?

"그렇군. 그게 정답이겠지. 무시당하고 싶지 않으면 힘을 길러야 한다는 것."

그러면서 어깨를 펴더니 담담한 목소리로 말한다.

"내 이름은 묵자후. 사문은 때가 되면 자연히 알게 될 것이다. 귀하들과 더 이상 실랑이를 벌이고 싶지 않으니 이만 길을 열어주길 바란다."

"뭐, 뭐라고?"

묵자후의 말에 영웅성 무인들은 하나같이 황당하다는 표정을 지었다.

감히 누가 누구에게 길을 열라 말라 큰소리를 친단 말인가?

모두의 얼굴에 서서히 분노가 어렸다.

그중에서도 맹초혁의 분노는 극에 달했다.

"이런 버르장머리없는 놈! 전주께서 오냐오냐하시니 하늘

높은 줄 모르고 까부는구나!"

조금 전에 수하들 앞에서 망신 아닌 망신을 당한 맹초혁.

그 기억을 떠올리며 분노에 찬 권격을 날렸다. 무려 팔성에 이르는 권격이었다.

그러나 결과는 이번에도 마찬가지였다.

미풍만 살랑이고 흔적없이 사라져 버린 것이다.

"이, 이것이, 이것이⋯⋯."

맹초혁은 자기 주먹을 들여다보며 불신에 찬 표정을 지었다.

그때 그의 귓전으로 묵자후의 음성이 들려왔다.

"더 이상 나를 자극하지 마라. 무익한 살육은 원치 않으니까."

그 말에 좌중은 기함할 정도로 놀랐다.

이제 장무욱의 눈에도 은은한 분노가 어렸다.

"실로 대단한 자신감이군."

"자신감이 아니라 사실이오."

장무욱의 눈썹이 또다시 꿈틀했다.

"묵자후라고 했던가? 젊은 친구가 겁이 없군."

그 말이 끝나기 무섭게 장내에 팽팽한 긴장이 흘렀다.

백의전 무인들이 일제히 검자루에 손을 갖다 댄 것이다. 반면 스무 명가량 되는 종남파 무인들은 운현자의 지시를 기다리며 사태를 관망하고 있었다.

그때 묵자후의 중얼거림이 흘러나왔다.

"사람들은 꼭 관을 봐야 눈물을 흘리지."

"관이라……. 결국 무덤을 파고 마는군."

그 말과 함께 장무욱이 뒤로 물러났다. 그 자리를 비마당주
와 의혈당주, 그리고 오십 명가량의 백의전 무인들이 채웠다.

채앵!

싸늘한 검명(劍鳴)과 함께 오십 자루의 검이 일제히 뽑혀져
나왔다. 검광(劍光)이 번뜩이고 살기 어린 눈동자가 묵자후를
향했다.

그 살기에 겁을 집어먹었을까?

금후가 꽥꽥 울고 추풍이 푸르르 콧김을 내뿜었다.

숨 막히는 공포.

스멀스멀 피어오르는 전율.

그 한가운데 우뚝 버티고 서서 석상처럼 미동도 않는 묵자
후를 보고 소스라치게 놀라는 사람들이 있었다.

제37장

격돌

魔道<br>道<br>天下

"어머? 저, 저 사람은?"

"세상에! 또 만났어!"

"정말 신기한 일이군."

공교로워도 어쩌면 이렇게 공교로울 수 있을까?

'운명의 재회인가 봐.'

주옥란이 속으로 중얼거렸다.

금수련 역시 비슷한 생각을 하는지 묵자후를 뚫어져라 쳐다봤다.

그런데 분위기가 왠지 심상치 않아 보였다.

"무슨 일이지……?"

"글쎄요. 저들은 영웅성의 최정예라 불리는 백의전 무인들 같은데⋯⋯."

화무린과 연성걸이 귀엣말을 나눴다.

"거기 종남파도 끼었군요."

목우형이 한마디 거들었다.

'아아, 어떡해?'

주옥란과 금수련이 발을 동동 굴렀다.

그러나 영웅성의 행사니 간여할 방법이 없다. 그저 지켜보고만 있을 수밖에.

화무린 일행은 긴장과 호기심이 뒤섞인 눈길로 묵자후와 영웅성 무인들을 바라봤다.

그때 먼 하늘에서 한 떼의 까마귀가 날아왔다. 동시에 진령산맥 쪽에서 하얀 연기가 피어오르기 시작했다. 그때부터 묵자후의 눈빛이 얼음장처럼 굳어갔다.

'그 녀석! 그 녀석에게 문제가 생겼어!'

이젠 예감이 아니라 확신이었다.

저렇게 많은 까마귀를 움직일 수 있는 사람은 흑오뿐이니.

그런 생각을 뒷받침하듯 금후가 꽥꽥거리며 진령산맥 쪽을 가리켰다. 마음이 급해졌다.

"마지막 경고다! 길을 열지 않으면 모두 후회하게 될 것이다!"

묵자후가 영웅성 무인들을 보며 쇠를 자르듯 경고했다.

"호오! 후회라고? 누가 할 소릴 누가 하는지 모르겠군."

맹초혁이 비아냥조로 되받아치는 순간,

"도저히 말로는 안 되겠군."

중얼거림과 함께 묵자후의 신형이 불쑥 솟구쳤다.

"쳐라!"

동시에 맹초혁이 소리쳤다.

쐐애액!

오십 자루의 검이 한꺼번에 뽑혀 나왔다.

묵자후의 도가 새하얀 광채를 폭사했다.

오십 개의 검광과 하나의 도광이 중간에서 교차했다.

카카카카카캉!

귀를 찢는 소음이 흘러나오고 오십 자루의 검이 동시에 부서져 나갔다.

그러나 그게 끝이 아니었다.

슈가가각!

섬뜩한 음향과 함께 오십 명의 비명이 한꺼번에 터져 나왔다.

"끄아악!"

"으헉!"

순간,

"멈춰라!"

쩌렁쩌렁한 노호성을 터뜨리며 장무욱이 벼락처럼 신형을

솟구쳤다.

"저, 저럴 수가?"

뒤이어 운현자가 대경실색하여 지면을 박찼고, 경악한 표정으로 보고 있던 종남파 고수들이 신형을 날렸다. 거의 동시에 이백여 명에 달하는 영웅성 무인들이 줄줄이 날아올랐다.

초조하고 다급한 기색으로 몸을 날린 그들의 시선은 하나같이 묵자후와 정면으로 맞부딪치고 있는 장무욱을 향하고 있었다.


"으으……."

그로부터 얼마나 지났을까?

여기저기에서 억눌린 신음이 흘러나왔다.

인세에 지옥이 있다면 이럴까?

장내에 한 폭의 지옥도가 펼쳐졌다.

무참하게 죽어버린 시신들.

사지를 잃고 부들부들 떠는 부상자들.

그들을 보며 생존자들은 시간의 흐름을 잊어버렸다. 아니, 여기가 어딘지조차 떠올리지 못하고 공황 상태에 빠져 버렸다.

화무린 등도 마찬가지였다.

그들은 양쪽의 격돌을 지켜보다가 그만 충격과 공포에 휩싸여 버렸다.

"끄아악!"

최초의 비명 소리가 흘러나오고, 오십 명의 목이 한꺼번에 튀어 올랐다. 그때까지만 해도 화무린 등은 그들이 재차 신형을 솟구치나 보다 했다.

그런데 아니었다.

그들의 머리가 떨어지고 얼마 지나지 않아 목 잃은 동체에서 시뻘건 핏물이 치솟았다. 그 광경을 보고 장무욱이 노성을 터뜨리며 날아왔고 묵자후가 허공에서 몸을 틀었다.

두 사람이 맞부딪쳤다.

번 쩍!

그렇게 표현할 수밖에 없었다.

두 사람이 허공에서 맞부딪치는 순간 동공을 태워 버릴 듯한 강렬한 광채가 폭사됐다. 화무린 등은 자기도 모르게 눈을 감았고, 촌각 뒤에 다시 눈을 뜨려 했으나 짜자자작! 하는 소리와 함께 수십 줄기의 광채가 쏟아졌다.

급히 이마에 손을 갖다 대고 무슨 일인지 확인해 보니 운현자를 비롯한 종남파 고수들이 묵자후와 허공에서 맞부딪치고 있었다.

'장 대협은?'

다섯 사람은 누가 먼저랄 것도 없이 장무욱의 행방을 좇았다.

다행히 그는 반대편 지면에 착지해 다시 신형을 쏘아 올리려 하고 있었다.

'휴우……!'

'그러면 그렇지!'

화무린 등이 안도하는 찰나, '으아악' 하는 비명 소리가 흘러나왔다.

퍼뜩 고개를 돌려보니 하늘에서 자욱한 피안개가 흩뿌려지고 있었다.

'아아……!'

'저럴 수가?'

방금 전의 격돌.

무려 이십 대 일의 격돌이 순식간에 끝나 버린 것이다.

결과는 태반이 항거 불능 상태가 되어 지면으로 추락하는 종남파 고수들.

"이노오오옴!"

그 광경을 보고 분기탱천한 운현자가 공중에서 몸을 트는 찰나, 종남파 제자들을 뚫고 나온 묵자후가 이번에는 화살처럼 쇄도해 오는 이백여 명의 백의인과 정면으로 맞부딪쳐 갔다.

스스스스슷!

이번에는 아무 소음도, 빛도 나지 않았다.

굳이 무슨 소리가 들렸다면 무심한 가을바람이 옷자락을

스치고 지나가는 소리였으리라.

하지만 그 바람은 무수한 비명 소리를 동반했다.

듣는 이의 가슴을 철렁하게 만드는 소름 끼치는 비명.

그리고 바닥에 자욱이 흩뿌려진 피, 피, 피……!


그 이후에도 몇 번의 격돌이 더 있었다.

그러나 결과는 마찬가지였다.

묵자후가 신형을 번쩍일 때마다 피보라가 휘몰아치고 백의인들이 우수수 쓰러져 갔다.

그리고…

"쿨럭, 쿨럭……!"

장무욱이 피 기침을 토하며 검을 아로 세웠다.

침통한 기색으로 묵자후를 쏘아보는 그의 입가엔 검붉은 핏줄기가 흘러내렸고, 검을 쥔 손은 간헐적인 경련을 일으키고 있었다.

그의 좌우에는 앞섶을 붉게 물들인 운현자와 한 팔을 잃고 신형을 곧추세우려 애쓰는 비마당주, 그리고 비교적 양호한 상태의 종남파 고수 운학자(雲鶴子)와 의혈당 부당주 왕공망(王公望)이 서 있었다.

네 사람은 기진맥진한 표정으로 묵자후를 노려보고 있었지만, 장무욱은 그렇지 않았다. 비록 세 번의 격돌로 극심한 내상을 입었지만 그의 두 눈동자만은 아직도 활활 타오르고 있었다.

묵자후의 상태도 그리 좋지는 못했다.

혼자서 남해검문을 무너뜨릴 때와 달리 이곳저곳에 많은 상처를 입고 있었다.

그러나 치명적인 상처는 거의 없었고, 내공의 소모 역시 미미했다. 흡혈시마에게 배운 금강폭혈공의 묘용 때문이었다.

묵자후는 오연한 눈빛으로 좌우를 쓸어봤다.

현재 두 발로 서 있는 사람은 마흔 명 정도.

좀 더 몰아붙여 끝장을 볼까 하는 생각이 들었지만 고개를 가로저었다.

이때까지야 그들이 길을 열어주지 않아서 손을 쓴 것이다.

그리고 계속 합공을 펼쳐 오기에 맞서 싸운 것뿐이다.

하지만 지금은 다르다.

떠나려고 마음만 먹으면 얼마든지 떠날 수 있다.

더구나 현재 살아남은 사람은 모두 일류 급 이상의 고수들이다. 그들 모두를 베고 눈앞의 사내, 장무욱까지 쓰러뜨리려면 너무 많은 시간이 걸린다. 벌써 세 번이나 격돌했어도 무위에 그쳤으니 앞으로 몇 번을 더 부딪쳐야 할지 모른다.

또한 저 뒤에서 지켜보고 있는 다섯 사람도 마음에 걸린다.

그들이 만약 같은 정파라고 끼어들게 되면 상황이 매우 곤란해진다.

저들 중에는 자신이 절대 벨 수 없는, 아니, 베기는커녕 반드시 지켜줘야 하는 외조부의 핏줄이 있다.

'할 수 없지. 다음을 기약할 수밖에.'

묵자후는 무심히 등을 돌렸다.

"가자, 추풍!"

더 이상 지체할 시간이 없기에 곧바로 금후를 안고 바람처럼 말을 달렸다.

두두두두두.

자욱한 먼지구름을 날리며 까만 점으로 사라져 가는 묵자후.

"아아……."

금수련과 주옥란 등은 긴장이 풀어져 털썩 바닥에 주저앉고 말았다.


묵자후가 떠나고 장무욱은 한참이나 그 자리에 서 있었다.

수하들의 시신을 보며 뺨을 씰룩이는 장무욱.

파르르 떨리는 그의 눈빛은 마치 깨진 파편 조각 같았다.

믿기지 않는 패배에 충격을 받은 듯, 그래서 상처 입은 눈으로 묵자후가 사라져 간 지평선을 바라보는 그의 모습은 지켜보고 있기에 너무 안타까웠다.

'그는 저렇게 무너져서는 안 되는 사람인데…….'

이때까지는 그를 비난했었다.

무능력한 사람이라고. 겉만 요란한 사람이라고.

그러나 사실은 그게 아니었다.

사문의 어른들에게 그에 대한 이야기를 너무나 많이 들었다.

그래서 기대하는 바가 적지 않았다. 화산에 뭔가 도움이 되어주기를.

그러나 오직 영웅성만을 위해 일하는 그를 보고 실망했다.

그래서 그를 비난했던 것인데, 수하들을 잃고 고통스러워하는 그를 보니 너무 마음이 아팠다.

누가 뭐래도 그는 탕마멸사(蕩魔滅邪)의 선봉에 서서 온갖 궂은일을 감수하던 일세의 대협이다.

"어떻게 부상자라도 도와줘야……."

주옥란이 눈물을 글썽이며 말했다.

그러자 목우형이 긴 한숨을 내쉬며 고개를 가로저었다.

"사매 마음은 이해하지만… 저들은 우리 도움을 원치 않을 것이다……."

그랬다.

너무 처참하게 당해서 오히려 독기가 치밀었을까?

멀리서 봐도 도움의 손길을 원하지 않는다는 게 확연히 느껴졌다.

각자 부상을 당한 상태에서도 동료의 시신을 수습하는 그들.

그중 몇몇은 원독 어린 표정으로 주변을 경계하고 있었다.

"결국… 우리가 해줄 수 있는 건 아무것도 없군요……."

"강호란 그런 곳이다. 함부로 도와주기도 힘들고 함부로 도움받기도 힘든……."

목우형이 쓸쓸한 표정으로 주옥란의 머리를 쓰다듬었다.

다섯 사람은 한동안 장내를 바라보다가 다시 걸음을 옮겼다. 아직까지는 영웅성과 가까워지고 싶지 않은 그들.

자신들이 꿈꾸는 강호, 섬서 잠룡지회에 참석하기 위해.

\*　　　\*　　　\*

'아! 이를 어쩌지?'

은혜연은 당황했다.

저 앞쪽에 병풍처럼 늘어선 산맥.

그 중턱쯤에 하얀 연기가 피어오르고 있다.

안력을 돋워보니 거대한 산불이다.

저 불길을 뚫고 산을 올라야 한다고 생각하니 눈앞이 캄캄했다.

'과연 내가 저 불길을 뚫을 수 있을까?'

알 수 없는 일이었다. 여기까지 날아온 것만 해도 기적이었으니.

애절한 흑오의 염파를 받고 정신없이 몸을 날렸다고는 하지만, 이렇게 빨리 날아올 줄은 미처 예상치 못했다.

마치 시간과 공간을 초월해 버렸다고나 할까?

그 바람에 정수 사태와 한참 거리가 벌어져 버렸지만, 그건 신경 쓸 문제가 아니었다. 우선은 저 불길을 어떻게 뚫을 수 있느냐가 목전의 과제였다.

'한번 시도해 보자! 내게 나도 모르는 능력이 있을지 모르잖아. 해보고 정 안 되면 다시 내려오면 돼.'

스스로 용기를 북돋우며 은혜연은 힘차게 몸을 솟구쳤다.

온몸을 태울 듯 이글거리는 불길.

은혜연은 마음속으로 기도했다.

'관세음보살의 이름을 지니고 있는 사람은 큰 불에 들어가도 그 불이 사람을 태우지 못하니 그건 보살의 위신력 때문이요, 큰물을 만나더라도 보살의 명호를 부르면 그 즉시 얕은 곳을 얻게 된다.* 그러므로 세존(世尊)께서 말씀하시길, 욕심이 불같이 타오르면 그것이 곧 불구덩이고 탐욕에 빠지면 그것이 곧 고해로되, 한 가지 생각이 맑고 깨끗하면 세찬 불길이 연못으로 변하고 한 가지 생각을 깨달으면 배는 언덕에 오른다고 하셨다. 이렇듯 생각에 따라 경계가 크게 달라지는 법이니* 내가 어찌 두려워하리오!'

그 기도가 끝나자 은혜연은 치솟는 불길을 지나 폐허가 된 사당 입구에 내려섰다.

---

* 법화결, 관세음보살보문품에서 발췌.

* 채근담에서 발췌.

저렇게 무시무시한 불길을 뛰어넘은 스스로가 대견해 양 팔로 자기 가슴을 끌어안던 은혜연은 주위를 둘러보고 또 한 번 당황했다.

태풍이라도 만난 듯 무너지고 부서진 사당.

지진이라도 일어난 듯 갈라지고 벌어진 대지.

대체 여기서 무슨 일이 벌어진 것일까?

고개를 갸웃하며 흑오를 찾아 나서는데,

우르르르릉!

멀리서 귀를 찢는 폭음이 들려왔다.

무슨 소린가 하여 고개를 돌려보니, 맙소사! 저 하늘 끝에 서 거대한 신형이 바람을 가르며 날아가고 있었다. 그 뒤로 백여 명의 복면인이 추격에 나서는데, 그들 사이에서 흘러나 온 폭음이었다. 그런데 문제는 그들 사이에 벌어지는 공방전 이 아니었다.

거한의 등 뒤에 묶여 있는 어린 소녀. 그녀의 정체였다.

'저 아이는…… ?

흑오였다.

설마 저 아이가 또다시 납치되고 있는 것일까?

은혜연은 얼른 천수여의검을 뽑아 들었다. 그리고 전신 공 력으로 지면을 박차며 매섭게 호통쳤다.

"그 아일 내려놔요!"

광마는 가슴이 철렁 내려앉았다.

등 뒤에서 짜랑짜랑한 목소리가 들리고 뭔가 번쩍하더니, 누군가가 자기 머리를 넘어 앞을 막아서고 있다.

승복 차림에 찰랑이는 머릿결.

맑고 큰 눈에 앵두 같은 작은 입술.

아직 묘령(妙齡)밖에 되지 않는 소녀다.

그런데 축지성촌(縮地成寸)을 능가하는 육지비행(陸地飛行)의 신법으로 자기 앞을 막아서다니?

거기다 그녀의 검극에 맺혀 있는 투명한 광채.

검강이다.

그냥 검강이 아니라 이기생형(以氣生型)의 절정에 다다른 무색투명한 검강이다!

'이, 이년, 뭐야?'

광마는 가슴이 서늘해 자기도 모르게 걸음을 멈췄다.

은혜연의 심상치 않은 기도.

광마는 본능적으로 공력을 끌어올려 은혜연을 노려봤다.

이른바 투살공(透殺功)! 안력을 극대화하여 상대를 죽여 버리는 초상승의 무공이다.

그런데,

짜자자자작!

이게 어찌 된 일인가?

그녀와 눈이 마주치자 허공에서 파란 불꽃이 튄다.

'설마… 나와 비슷한 무위를 지녔단 말인가?

도저히 믿기지가 않아 광마는 출수를 망설였다. 그때 추혼사자들이 도착했다.

"……?"

"……!"

의아한 듯 서로를 보며 고개를 갸웃거리는 그들.

다행이었다.

설상가상이라고 생각했는데 놈들과 같은 편이 아닌 듯했다.

'그러면 뭘 해?'

매서운 기세로 앞을 가로막고 있으니 선뜻 치고 나가기가 쉽지 않다. 그래서 어찌할까 고민하다가 문득 이상한 생각이 떠올랐다.

등 뒤에 서 있는 추혼사자들.

저 이성도 감정도 없는 놈들이 웬일로 공격을 자제하고 있다.

'저놈들이 웬일이지……?'

덕분에 서로가 서로를 견제하는 삼자 대치 상황이 이어지고 있다.


그 상황을 무너뜨린 건 흑오였다.

"으으음……."

희미한 신음을 흘리며 다시 정신을 차린 흑오.

이번엔 또 무슨 일인가 싶어 주위를 둘러보다가 은혜연을 발견했다.

자신을 보며 안심하라는 듯 입술을 앙다물어 보이는 그녀.

그런 은혜연을 향해 힘없이 웃어 보인 흑오는 손가락을 들어 광마의 옆구리를 콕콕 찔렀다.

'같은 편이야.'

그런 눈빛으로 고개를 끄덕이자 광마의 눈에 안도의 빛이 어렸다.

은혜연도 마찬가지였다.

흑오의 표정으로 보니 저 거한은 납치범이 아니다.

'그렇다면?'

은혜연의 시선이 이번에는 추혼사자들을 향했다. 검강의 방향도 자연스럽게 그들 쪽으로 향했다.

이제 곤혹스런 처지에 놓인 추혼사자들.

낭패한 표정으로 서로를 보다가 일제히 두 사람을 향해 공격을 퍼부었다.

쐐애애액!

파파파팟!

대기를 쪼개며 날아오는 무시무시한 기파.

광마가 태양부를 불끈 움켜쥐며 그들과 맞부딪치려는 순간,

"부처님께서 이르시길, 만일 어떤 사람이 흉기에 상해를 입게 되었을 때 관세음의 이름을 부르면 상해를 입히려던 자들의 칼과 몽둥이가 조각조각 부러져 위험에서 벗어남을 얻을 것이며……."

광마의 귓전으로 청아한 목소리가 들려왔다. 동시에 천수여의검에서 찬란한 빛이 폭사되더니, '카카캉!' 하는 소리와 함께 추혼사자들의 병장기가 산산이 부서져 나갔다.

뒤이어,

"만일 삼천대천세계에서 야차와 나찰들이 몰려와 사람들을 괴롭히려 할지라도, 그가 관세음보살의 이름을 부르면 모든 악귀들이 감히 쳐다보지도 못하는데 어찌 상해를 입힐 수 있으랴."

그 말이 흘러나오기 무섭게 이번에는 은혜연의 전신에서 태양 같은 광휘가 폭사되었다.

그 눈부신 빛을 보고 추혼백팔사자는 물론이고 광마마저 대경실색하여 눈을 가리는 순간,

"만일 어떤 사람이 쇠고랑을 차고 칼을 쓰고 몸이 묶였더라도 그가 관세음보살의 이름을 부르면 그것이 끊어지고 부서져 벗어나게 될 것이니라."

그 말이 끝나자 은혜연을 묶은 밧줄이 투두둑 끊기고 세 사람 주위로 보호막처럼 투명한 구체가 형성됐다.

추혼백팔사자 몇 명이 그 구체를 뚫으려다 벼락에 감전된

듯 뒤로 튕겨났고 이내 바닥에 쓰러져 축 늘어졌다. 그러나 동료들이 쓰러지든 말든 막무가내로 몸을 부딪쳐 오는 추혼백팔사자들.

"불쌍한 사람들……."

은혜연의 입에서 나직한 중얼거림이 흘러나왔다. 동시에 그녀의 등 뒤에서 노을빛 후광이 뻗어 나오더니 환영처럼 빛나는 천 개의 손이 나타났다.

고오오오…….

천 개의 손이 바람을 일으키며 서서히 회전하자 그 손에 천 개의 검이 만들어졌다.

회전하는 천 개의 손, 천 개의 검.

그 위로 구름이 모여들고 뇌전 같은 기운이 내려왔다.

그 광경이 어찌나 장엄하고 섬뜩하던지 멀리서 지켜보던 밀밀승과 사악도인 등이 경악으로 눈을 부릅떴다.

"맙소사! 저, 저, 저……!"

사악도인은 은혜연의 의도를 알아차린 듯 뭐라고 소리치려 했다. 그러나 그보다 먼저 은혜연의 두 눈동자에서 번개 같은 안광이 번쩍이고 서릿발 같은 음성이 흘러나왔다.

"영혼을 잃은 가련한 육신들이여, 가거라. 너희들이 왔던 곳으로!"

그 말과 함께 은혜연이 천 개의 손을 휘둘러 추혼사자들을 소멸시키려는 순간,

"캬앗!!"

느닷없이 흑오가 고함을 질렀다.

은혜연이 저들을 소멸시키려는 찰나, 기괴하게도 추혼사자들의 공포가 생생하게 느껴진 때문이었다.

소멸에 대한 공포.

초월적 존재에 대한 두려움.

그 애원 어린 아우성을 들었다 싶은 순간, 신기하게도 그들과 하나가 됐다. 생각을 공유하게 됐고 의식을 서로 나눌 수 있게 됐다. 그래서 사력을 다해 소리친 것이었다. 아무 생각 없이 꼭두각시처럼 움직이는 저들을 구해주기 위해.


"으음!"

은혜연은 흑오의 고함 소리를 듣고 순간적인 현기증을 느꼈다. 그로 인해 몸을 휘청거리자 후광이 사라지고 천 개의 손이 사라졌다.

'방금 무슨 일이 벌어졌지?'

멍한 표정으로 고개를 흔드는 은혜연.

한바탕 꿈을 꾼 것 같았다.

갑자기 관음보살이 현신하더니 몸 안으로 스며들어 왔다.

관음보살과 하나가 되는 순간 강렬한 빛이 쏟아져 나와 자기도 모르게 의식을 잃어버렸다. 그러다가 고함 소리에 정신을 차리니 추혼사자들이 몇 명 쓰러져 있고 거구의 사내가 두

러운 눈빛으로 자신을 쳐다보고 있다.

그의 등 뒤에 업힌 흑오는 애원 어린 눈빛으로 자신을 쳐다
보고 있고, 나머지 추혼사자들은 공포에 질려 저만치 뒤로 물
러나고 있다.

'도대체 무슨 일이 벌어진 거야?'

어찌 됐든 상황이 정리된 것 같다.

애초의 바람대로 저 아이를 구했고, 추격자들은 더 이상 싸
울 의지가 없어 보인다.

이제 저 아이를 안전한 곳으로 데려가 치료를 받게 하고 그
동안 무슨 일이 벌어졌는지 알아보면 된다.

'그런데 저 사람은 어쩌지?'

문제는 흑오를 업고 있는 거구의 덩치.

보아하니 흑오를 끔찍이 아끼고 있는 것 같다.

'하지만 좋은 사람은 아냐……'

예전에 봤던 그 마승들과 비슷한 기운을 풍기고 있다.

'그렇다고 애써 쫓아낼 수도 없고……'

난감한 표정으로 서 있는데 그가 자신의 생각을 알아차린
듯 흑오를 건네주고 쭈뼛쭈뼛 뒤로 물러선다.

'내가 두려운 건가?'

은혜연은 고개를 갸웃거리다가 흑오를 안고 신형을 솟구
쳤다. 또다시 펼쳐진 육지비행.

광마는 고민스런 기색으로 이마를 벅벅 긁다가 어쩔 수 없

다는 듯 은혜연이 사라진 방향으로 신형을 솟구쳤다.

추혼사자들 역시 길 잃은 양 떼처럼 우왕좌왕하다가 다시 광마를 추격하기 시작했다.


"휴우…… 꿈에 나타날까 두려운 소녀군."

사악도인이 고개를 설레설레 흔들며 한숨을 내쉬었다.

"대체 뭐가 어찌 돌아가는 것이오? 저 소녀는 누구고, 추혼사자들은 왜 갑자기 공격을 멈춘 것이오?"

황금승이 전혀 상황을 이해하지 못한 사람처럼 질문을 던졌다.

"그게……."

사악도인은 뭐라고 설명해 줘야 할지 난감했다.

그저 상상을 초월한 여고수가 나타났다는 것?

그리고 그녀 앞에선 추혼사자고 뭐고 맥을 못 추게 생겼다는 것?

'그리고… 설령 대부인이라 한들 그녀와 맞설 수 있을까 두렵다는 것…….'

뒷말을 애써 삼키며 다시 한숨을 내쉬는 사악도인.

그 옆에서 밀밀승은 자포자기한 사람처럼 멍하니 하늘만 쳐다보고 있고, 저주승은 반쯤 넋이 나간 표정으로 뭐라고 횡설수설하고 있었다.

"거두절미하고 결론만 말씀드리자면, 현재 우리가 할 수

있는 건 아무것도 없다는 것이오. 그리고 돌아가서 대부인께
뭐라고 말씀을 드려야 할지 앞이 캄캄하다는 것이오."

그 말과 함께 사악도인이 어깨를 축 늘어뜨렸다.

그가 말한 대로 이제 그들이 할 수 있는 건 아무것도 없었
다. 그저 몇몇 추혼사자들의 시신을 수습하고 마탑으로 되돌
아가는 일뿐.

밀밀승과 저주승, 황금승 등은 한참 동안 은혜연이 사라진
방향을 바라보다가 그 반대편으로 몸을 날렸다. 사악도인도
마찬가지였다.

*        *        *

묵자후는 한동안 침묵을 지켰다.

가슴 깊은 곳에서 무시무시한 살기가 휘몰아쳤지만, 터뜨
릴 상대가 없었다.

어젯밤까지만 해도 자신이 머물던 장소였다.

새벽까지만 해도 문을 열고 나서던 장소였다.

그런데.

여기 혹오가 왔었다.

외롭고 지친 몸으로 여기까지 쫓아왔다.

하지만 지금, 그 녀석은 여기 없다.

대체 무슨 일이 벌어진 것일까?

곳곳이 갈라지고 무너져 버렸다.

시뻘건 화마가 모든 흔적을 태우고 소멸되어 버렸다.

'누군가? 누가 그 아이를 이토록 힘들게 달려오게 만들었는가?'

죄책감이 들었다.

숭양루에서 며칠만 더 머물렀더라면…….

아니, 여기서 하루만 더 머물렀더라면…….

아니, 아니다!

애초에 흑오를 납치해 간 그들을 잡지 못한 자기 탓이다.

그리고 흑마련과 마탑!

"뿌드드득!"

이 갈리는 소리와 함께 묵자후의 두 눈동자에서 새파란 살기가 흘러나왔다.

"네놈들을 절대 용서하지 않을 것이다!"

마음속으로 다짐하며 천천히 돌아섰다.

시커멓게 불타 버린 폐허에서 묵자후가 할 수 있는 건 아무것도 없었으니…….

제38장

마등

魔道

道

天下

휘우웅.

바람이 분다.

코끝을 시리게 만드는 매서운 바람.

오가는 행인들은 옷깃을 여미며 종종걸음을 치고 좌판을 늘어놓았던 아낙들은 서둘러 좌판을 걷는다.

성벽을 지키고 있던 병사들은 손을 호호 불면서도 경계의 눈길을 늦추지 않고 있고, 성안으로 들어가기 위해 길게 줄 서 있는 사람들은 양발을 부비며 빨리 자기 차례가 오기만을 기다린다.

서안(西安) 성벽.

무려 사 장 높이에 삼층 전각이 세워져 있는 장엄한 성채.

그 성문 안으로 묵자후가 들어서고 있었다. 고개를 빳빳이 세우며 걷는 추풍의 등에 올라 금후를 안고 당당하게.

그런 묵자후를 보며 갈색 문루 옆에 서 있던 수문위사들이 극공의 예를 표했다.

안정문(安定門)을 지나 한참 들어가니 넓은 시장통이 나왔다.

갑자기 추워진 탓에 장을 보러 나온 사람은 얼마 되지 않았지만 그래도 오가는 사람들의 숫자가 상당했다. 또한 서안 자체가 서역과 문물을 교통했던 옛 황조의 수도였던지라 이족들도 꽤 많이 보였다.

"중원제일루로 가려면 어떻게 가야 하오?"

묵자후는 시장통 한 켠에 있는 양꼬치 구이를 사먹으면서 옆 사람에게 물었다.

"중원제일루? 중원제일루가 어디지?"

"글쎄, 혹시 천화루(天華樓)를 말하는 게 아닐까?"

'천화루?'

묵자후가 고개를 갸웃거리며 다른 사람들에게 물어보려는 순간 노점 주인이 양 꼬치를 꿰고 있다가 어눌한 한어(漢語)로 대답했다.

"천화루가 맞아. 이삼십 년 전에는 중원제일루라 불렸지."

그러면서 손짓발짓을 동원해 천화루까지 가는 길을 가르

쳐 준다.

묵자후는 사례의 뜻으로 은자를 지불하고 그가 가르쳐 준
대로 추풍을 인도했다.

"흠, 저기가 중원제일루란 말이지?"

한 식경쯤 헤매다 겨우 발견한 누각.

노점 주인이 한어만 능숙했다면 금세 발견할 수 있는 위치
였다.

성벽에서 줄곧 이어진 대로.

거기서 첫 번째 사거리를 지나 우측으로 난 대로로 꺾어 들
어가면 또 하나의 사거리가 나온다. 그 모퉁이에 세워져 있는
날아갈 듯한 오층 누각.

고색창연하면서도 세월의 기품이 스며 있는 건물이었다.

지금은 천화루라 불리는 옛 중원제일루.

묵자후는 먼발치에서 잠시 천화루를 지켜봤다.

오가는 공자대부들.

그들의 옷차림이나 뒤따르는 하인들을 보니 평범한 사람
은 엄두도 못 낼 정도로 비싼 주루인 모양이었다. 또한 사두
마차가 드나들고 단체로 보이는 상인들이 오가는 걸 보니 후
원에 쉬어 갈 만한 방도 구비한 모양이었다.

그렇게 돈만 많으면 아무나 드나들 수 있는 것같이 보였지
만 묵자후는 알 수 있었다, 저 누각 곳곳에 알 수 없는 살기가
흐르고 있다는 걸.

"어찌 됐든 위치를 확인했으니 준비를 해야겠군."

무슨 준비를 해야 한다는 걸까?

혼잣말을 중얼거리며 말 머리를 돌리는 묵자후.

왔던 길을 되돌아가고 있었다. 양꼬치 구이를 팔던 노점 쪽으로.


묵자후가 물었다.

"혹시 등(燈) 만드는 곳을 아십니까?"

"등?"

노점 주인이 검버섯 핀 얼굴로 고개를 갸웃거렸다.

"왜… 연등 같은 거 있잖습니까? 사찰(寺刹)이나 도관(道觀) 행사 때 쓰이는……."

"아!"

노점 주인이 그제야 알겠다는 듯 뭐라고 이야기를 했다. 그러나 한어와 회족 말이 섞여 알아듣기가 힘들었다.

"아까처럼 위치만 가르쳐 주십시오."

"그게 아니고 다섯, 다섯!"

노점 주인이 고개를 가로저으며 손가락 다섯 개를 펴 보인다. 그리고 위, 중간, 아래를 찌르며 양손을 바깥으로 향하더니 어깨를 으쓱인다.

묵자후는 돈을 그만큼 달라는 소린가 싶어 은자 닷 냥을 꺼냈다. 노점 주인이 눈을 휘둥그레 뜨면서도 다시 손가락 다섯

개를 펴 보이며 위, 중간, 아래를 찌른다.

"아!"

묵자후는 그제야 무슨 뜻인지 알아차렸다.

"모두 다섯 군데가 있단 말이군요. 그럼 그중에서 가장 오래되고 잘 만드는 곳을 가르쳐 주십시오. 가격은 비싼 곳이든 싼 곳이든 상관없습니다."

노점 주인, 회족 노인이 그제야 씨익 웃었다.

은자를 받고 또 한 번 듬성듬성한 이를 드러낸 그가 가르쳐 준 곳은 가게 이름조차 없는 허름한 공방(工房)이었다.


스윽, 스윽.

노인은 등을 돌린 채 풀칠에 열중하고 있었다.

작업대 위에는 한지와 붓, 먹, 다양한 빛깔의 염료와 풀이 놓여 있었다. 그리고 한쪽 구석에는 가늘게 쪼갠 대나무 살이 다발째 묶여 있었고, 천장과 벽에는 각양각색의 등이 걸려 있었다.

마치 견본처럼 걸어놓은 다양한 작품들.

그랬다. 천장과 벽에 걸린 등은 가히 작품이라 불러도 부끄럽지 않을 정도였다.

용 모양, 거북이 모양, 연꽃 모양. 심지어는 코끼리 모양의 거대한 등도 걸어놨는데, 어찌나 섬세하게 만들었는지 다들 생생히 살아 있는 실물을 보는 것 같았다. 특히 그 안에 초를

넣어 각 작품의 채색이 은은하게 빛을 발하도록 한 등불은 보는 것만으로도 너무 아름답고 신비로워 절로 탄성이 흘러나오게 만들었다.

묵자후가 감탄한 표정으로 한참을 서 있자 노인은 그제야 인기척을 느꼈다는 듯 느릿하게 고개를 돌렸다.

쪼글쪼글한 주름살.

축 늘어진 가느다란 눈꼬리.

거기다 매부리코에 얇은 입술. 헝클어진 상태로 방치해 둔 백발. 다듬지 않아 엉망으로 꼬인 수염 등, 도무지 호감이라곤 가지 않는 노인이었다.

하지만 눈빛이 깊게 가라앉아 있고, 손가락이 가늘면서도 긴 것으로 미뤄 심계가 깊고 손재주도 뛰어날 것 같았다.

"어떻게 오셨소?"

하지만 노인의 목소리를 들으면 있던 호감도 뚝 떨어질 것만 같았다.

마치 지저 세계에서 흘러나오듯 음산하기 짝이 없는 목소리였기 때문이다.

그러나 묵자후는 이미 그보다 더 흉악한 인상의 마인들과 정을 나누며 살아왔기에 오히려 반가운 기분마저 들었다.

"등을 하나 부탁하러 왔습니다."

"어디에 쓸 건지, 어떤 모양으로 할 건지 말해보시오."

그 말만 툭 내뱉고 다시 고개를 돌려 버리는 노인.

손님이 일을 맡기러 왔음에도 불구하고 별 관심 없다는 태도였다.

'하긴 장인들은 대개 꼬장꼬장한 성질을 지녔다고 했으니……'

묵자후는 예전에 마뇌가 해준 이야기를 떠올리며 쓰게 웃었다.

"용도는 지붕이나 용마루에 걸 거고, 모양은 이것과 똑같이 만들어주시면 됩니다."

그러면서 묵자후는 목걸이를 풀어 노인에게 건네줬다.

순간, 노인이 벼락을 맞은 듯 어깨를 부르르 떨기 시작했다.

"이, 이, 이건……?"

묵자후가 건네준 지존령을 보고 말을 잇지 못하는 노인.

그는 한참 손을 떨고 있다가 천천히 묵자후를 쳐다봤다.

"왜 그러시오?"

묵자후가 의아한 표정으로 물었다.

노인은 대답 대신 뚫어져라 묵자후를 쳐다보다가 갑자기 눈물을 글썽였다. 그리고는 바닥에 털썩 무릎을 꿇으며 천천히 이마를 찧기 시작했다.

"소신이… 지존령을 뵈옵니다. 지존강림(至尊降臨)! 만마앙복(萬魔仰伏)! 지존출세(至尊出世)! 마도천하(魔道天下)!"

떨리는 목소리로, 그러나 숨죽인 목소리로 오열하는 노인.

묵자후는 자기도 모르게 가슴이 쿵쿵 뛰었다.

강호에 출도한 이후 처음 들어보는 지존호(至尊號)였기 때문이다.


그날 저녁.

묵자후는 노인과 밤새 술을 마셨다.

노인의 이름은 신품귀수(神品鬼手) 냉희궁(冷希穹)!

옛 철마성 부군사(副軍師) 출신이자 마뇌가 가주로 있던 천외독심가의 총관이었다.

기나긴 세월, 언제 올라올지 모르는 마등을 기다리며 이곳 서안에서 비탄과 울분을 삭이고 있었던 것이다.

냉희궁 뒤에는 스무 명가량의 흑의인이 오체투지한 자세로 엎드려 있었다.

그들 모두 오십 줄에 들어선 초로인들.

천외독심가의 마지막 생존자들이었다.

하늘같은 지존을 뵙는 자리라 그들은 묵자후가 아무리 일어나라고 이야기해도 허리를 펴지 않았다. 그게 지존을 뵙는 당연한 예의라고 했다.

그런 부담스런 분위기 속에 시작된 술자리.

묵자후는 냉희궁을 통해 현 강호의 정세를 전해 들었다.

냉희궁은 묵자후를 통해 천금마옥의 상황과 자신이 모시던 주군, 마뇌의 비보를 전해 들었다.

마뇌가 어떻게 죽어갔는지, 그의 마지막 순간이 어떠했고 유언이 무엇이었는지를 전해 듣고 그들은 일제히 대성통곡했다. 또한 천금마옥의 폭발 소식을 전해 듣고 또 한 번 통곡을 터뜨렸다.

하늘이 무너지고 땅이 꺼졌다.

대장로와 옛 상전, 동료들이 모두 수장되고 마도의 맥이 끊겨 버렸다. 그러나 다행히 지존령이 돌아왔으니 다시 마도를 일으켜 세우리라.

그들은 벌겋게 충혈된 눈으로, 꺽꺽 쉬어버린 목소리로 또다시 이마를 쿵쿵 찧으며 한목소리로 외쳤다.

"지존이시여, 저희들이 피로써 맹세합니다. 이 시간 이후부터 저희는 지존을 위해, 마도천하를 이룩하기 위해 저희 목숨을 내놓을 것을 맹세합니다. 지존강림, 만마앙복! 지존출세! 마도천하!"

그들의 외침 속에 불그스름한 새벽이 밝았다.

그리고 세 시진 뒤, 묵자후가 명상에 잠겨 있는 동안 아수라 형상이 불을 뿜는 듯한 마등이 완성되었다.

\* \* \*

주옥란은 밝은 표정으로 대로를 걷고 있었다.

한 달 만에 다시 돌아온 서안.

평소에는 무심코 지나다니던 길이었지만 오늘따라 정겹게 느껴진다. 사흘 전에 흉험한 일을 목격하고 충격과 공포에 떨어서 그런 것일까.

고향처럼 익숙한 거리를 걸으니 왠지 어깨에 힘이 들어가고 절로 콧노래가 흘러나왔다.

호북 균현이 무당파 앞마당이라면 서안은 화산파의 뒤뜰.

화산파 출신이나 화산과 연결된 사람들이 이곳을 꽉 잡고 있으니 서안에서만큼은 두려울 게 없다.

사방에 깔린 것이 화산의 인맥이요, 이목이니 두려울 게 무에 있으랴?

'그 빌어먹을 자식, 묵자훈지 도만지 하는 작자도 이곳에 오면 끽소리도 못하고 죽어지내야 할 거야.'

괜히 묵자후를 떠올리며 코웃음을 친 주옥란은 옆에서 걷고 있는 금수련을 재촉했다.

"아이참. 언니, 뭐 해요? 어서 가자니까요. 시간이 얼마 없어요."

주옥란은 지금 금수련과 함께 장신구를 사러 가는 길이다.

오후에 잠룡지회가 열리니 그전에 몸단장을 마쳐야 하는데 금수련이 자꾸 고개를 갸웃거리며 뒤를 돌아보고 있다.

"언니, 대체 뭘 찾는데 그러세요? 이곳 지리는 제가 더 잘 아니 저한테 물어보세요. 그렇게 자꾸 고개를 두리번거리지 마시구요."

"음? 아! 뭘 찾는 게 아니라 누구를 본 것 같아서."

"누구를 보다뇨? 혹시 화 사형이나 연 사형이 뒤따라왔나요?"

"아니, 그게 아니라……."

"그게 아니라……?"

"그 사람."

"예? 누구요?"

"진령산맥에서 만났던 그 사람. 그 사람을 본 것 같아서……."

"예에?"

주옥란이 기겁하며 뒤를 돌아봤다. 그러나 거리마다 사람들로 가득 차 누가 누군지 알아볼 수가 없었다.


묵자후는 사람들 틈에 섞여 여유롭게 걷고 있었다.

천화루로 향하는 직선 대로.

날씨가 따스해서 그런지 어제와 달리 오가는 사람이 많았다. 특히 대로 양쪽에 자리 잡은 시장통 주변은 오늘따라 큰 장이 열려 더더욱 사람들로 북적였다.

대로변은 물론이고, 골목 안쪽까지 장악해 버린 수많은 좌판.

그 앞에서 상인들이 연신 목청을 돋우며 지나가는 사람들 붙잡는 바람에 어떤 곳은 아예 통행이 불가능할 정도였다.

하지만 묵자후는 그런 복잡한 길을 아주 자연스럽게 지나가고 있었다. 마치 묵자후가 오면 사람들이 알아서 비켜주듯 길이 열렸고, 묵자후가 지나가고 나면 다시 오그라들어 사람들끼리 서로 어깨를 부딪치며 인상을 쓰곤 했다.

그 와중에 주옥란과 금수련을 보게 됐다.

뭐가 그리 바쁜지 총총걸음으로 상가 가득한 거리로 들어서는 두 사람.

'잠룡지회라고 했던가? 후기지수 모임을 가진다더니, 하필이곳 서안이었군.'

그렇든 말든 그들의 일이니 신경을 끄려 했다. 그런데 네댓 명의 장한이 두 소녀를 뒤따르고 있는 게 아닌가.

양손을 소맷자락 사이에 숨기고 주위를 두리번거리는 그들.

뭔가 수상해 보였다.

'소매치기들인가?'

아닐 수도 있지만 간이 배 밖으로 나온 녀석들이다. 감히 백주대낮에 여자들을 상대로 허튼짓을 하려 하다니. 그것도 자신의 사촌 누이를 상대로.

묵자후는 뒤따르는 천외독심가의 생존자들, 그들 스스로 독심객(毒心客)이라고 자처하는 초로인들에게 눈짓을 보냈다.

가서 저 두 소녀를 보호해 주라고.

주옥란이야 화산파 속가제자니 크게 봉변당할 일이 없겠지만 금수련은 무위가 형편없어 보여 안심이 되지 않았다. 강호는 풍운만변하고 변화무쌍한 곳이 아니던가.

독심객들은 처음엔 망설이는 기색을 보였다.

묵자후가 가리킨 소녀들을 보니 둘 다 명문세가의 자녀다.

특히 주옥란을 보니 소매에 매화 문양이 수놓아져 있다.

매화 문양은 그녀가 화산 문하임을 알리는 표시.

그들이 냉희궁으로부터 받은 명은 지존에 대한 절대호위다. 그런데 어찌 지존을 내버려 두고 정파임이 분명해 보이는 두 소녀를 호위해 줄 수 있단 말인가?

하지만 문제는 그 명령이 바로 지존에게서 나왔다는 것.

그것도 자신들에게 처음으로 내리는 명령이라는 사실이었다. 때문에 거부할 수도 없고 따르기도 힘들어 다들 곤혹스런 표정으로 수좌인 노일봉(盧一峯)을 쳐다봤다.

노일봉은 이곳 서안에서 거물로 통하는 유지 중에 한 사람.

그는 짧은 순간 수차례 고민하다가 결국 허리를 구십도로 꺾었다.

"속하가 명을 받드옵니다, 지존."

지존의 명은 그 어떤 이유가 있더라도 무조건 봉행되어야 한다. 그래야 지존의 권위가 서고 위엄이 선다. 그렇지 않으면 알게 모르게 지존을 무시하거나 지존령을 무시하려는 생각이 싹트게 된다.

그게 노일봉의 결론이었고, 그가 복명하자 나머지 독심객들도 일제히 허리를 꺾었다. 뒤이어 그들이 두 사람을 보호하기 위해 군중 사이로 스며들자 묵자후는 흐뭇한 표정으로 고개를 끄덕였다.

"좋은 수하들을 얻었군."

아직까지는 호위받는 것에 익숙지 않은 묵자후.

홀가분한 기분으로 천화루를 방문했다.


화려했던 과거의 영화를 현재까지도 이어가고 있는 누대의 도읍, 서안.

이 고도(古都)에는 명소라고 불릴 만한 곳이 무척 많았다.

당 현종과 양귀비가 사랑을 나눈 화청지(華淸池).

송대(宋代)의 유교 경전과 대문호(大文豪)들의 친필을 비석에 새겨 한군데에 모아둔 비림(碑林).

시내 중심부에 세워져, 저 먼 서역 땅을 향해 지금 당장에라도 급박한 종소리와 북소리를 낼 것 같은 종루(鐘樓)와 고루(鼓樓).

그 외에도 자은사(慈恩寺) 대안탑(大雁塔)이나 건릉(乾陵), 진시황릉(秦始皇陵), 청진사(淸眞寺), 법문사(法門寺), 향적사(香積寺) 등이 저마다의 사연을 간직한 채 오늘도 사람들의 입에 오르내리고 있었다.

그러나 이 지역 고관대작이나 돈 많은 한량들에게 물어보면, 죽기 전에 반드시 들러봐야 할 곳은 누가 뭐래도 천화루라며 엄지를 치켜들 것이다.

세인들의 평가가 이렇다 보니 천화루에서 일하는 사람들은 하나같이 자부심이 가득했다.

천화루의 주 소득원인 기녀들은 물론이고, 하다못해 허드렛일을 하는 주방 아낙들까지 고개를 빳빳이 세우고 다녔다.

전칠(全七)도 마찬가지였다.

특히 그는 천화루의 안전과 기녀들의 신변을 보호하는 경호무사였기에 그 자부심이 남들보다 더했으면 더했지 결코 못하지 않았다.

천상의 화려함이 가득하다는 초특급 주루이자 기루인 천화루.

이곳의 재물과 이권, 그리고 환상적인 미녀들을 취하기 위해 온갖 모략과 술수를 꾸미는 자들이 어디 하나둘일까?

천화루의 운영권만 장악하면 황금알을 낳는 거위를 가진 거나 진배가 없으니, 온갖 더럽고 치사하고 잔인한 일들이 비일비재하게 벌어졌다.

취객이나 낭인들을 동원해 주루 안에서 난동을 일으키는 자들이 있지를 않나, 기녀들을 납치해 몸값을 뜯어내려고 흥정을 하는 족속들이 있지를 않나, 심지어는 주방에 독을 풀거나 루주를 암습하기 위해 단체로 살수를 보내는 놈들까지 있었으니, 그 모두를 막아내고 물리치고 경계해야 하는 전칠 같은 경호무사들은 당연히 실력과 자부심이 남다를 수밖에 없다.

그런 전칠의 눈에 한 사내가 걸려들었다.

스무 살 남짓 되었을까?

짙은 흑의에 고요한 눈빛. 탄탄한 몸매에 싸구려 철검을 지닌 사내가 누각 입구에 조성해 놓은 화원을 가로질러 어슬렁거리듯 다가오고 있었다.

'차림새를 보니 돈을 물 쓰듯 하는 족속은 아니다. 그렇다고 관부의 인물이라거나 누구와 약속이 있어서 오는 것 같지도 않다. 산발한 머리카락에 남루한 의복. 따라서 정파의 철없는 후기지수도 아니다. 결론은… 뭔가 일을 저지르려고 온 놈이 아니면 결코 이곳에 발을 디딜 놈이 아니다!'

생각과 동시에 전칠은 '쪼르릉' 하는 새소리를 냈다.

인근 화원과 용마루 위, 처마 아래, 계단과 복도, 벽채 등 요소요소에 은신하고 있는 동료들에게 경계 신호를 보낸 것이다.


묵자후는 피식 웃었다.

사방에서 은은히 울려 퍼지는 새소리.

'루주가 누군지 몰라도 수단이 좋군. 하긴 이만한 주루를 운영하면서 맹탕일 리는 없지.'

묵자후가 보기엔 유치했지만 그래도 이 정도 경계망을 갖춘 주루가 과연 몇이나 될까.

'어쨌든, 조용하게 등을 달기는 틀린 것 같군.'

딴에는 아무 소란 없이 등만 달고 가려고 접을 수 있게 만들어 달라고 했다.

아무리 흥청거리는 주루라지만, 그리고 아무리 어둠을 밝혀주는 등불이라지만, 아수라 형상이 그려진 등을 달면 어느 누가 좋다고 하겠는가.

'내가 루주 입장이라도 치도곤을 내겠지.'

하지만 어쩌겠는가.

반드시 이곳 용마루에 걸어야 한다고 했으니 시비가 벌어지더라도 걸 수밖에.

'저, 저, 저 미친놈. 저놈이 지금 무슨 짓을 벌이려는 거야?'

전칠은 속으로 기겁했다.

혹시 예전에 수하들과 난동을 부리다가 흠씬 두들겨 맞고 도망간 만풍방(萬豊幇)에서 보낸 놈일까?

놈이 누각 입구에서 걸음을 멈추더니 갑자기 부싯돌을 켜기 시작한다. 그리고 품 안에서 뭔가를 꺼내는데, 가만히 보니 시커먼 빛깔의 등이 아닌가?

'등불을 이용한 독이다. 아니면 등 안에 화탄을 숨겼거나 특수 약물을 숨겨 불을 지르려는 의도다!'

전칠은 더 이상 지켜보고만 있을 수는 없었다.

"모두 저놈을 잡아!"

동료들에게 소리치며 가장 먼저 몸을 날렸다. 뒤이어 여기 저기에 숨어 있던 경계무인들이 한꺼번에 뛰어나와 묵자후를 제압하기 위해 몸을 날렸다.


"뭐야? 누가 누각 입구에서 행패를 부리고 있다고?"

역팔자 눈썹에 얇실한 턱수염을 지닌 중년인이 자리에서 벌떡 일어났다.

그는 천화루 총관 직을 맡고 있는 삼박수사(三博秀士) 이총 삼(李聰三).

계산에 밝고 인맥이 넓고 상황 판단에 능해 삼수(三秀)라고 불리기도 하지만, 돈에 약하고 술에 약하고 인정 앞에 약해 삼약(三弱)이라고도 놀림받던 그는, 기녀들이 대충 그 두 별 명을 뭉뚱그려 삼박이라고 부르는 바람에 그게 그의 별호로 굳어져 버린 사람이었다.

하지만 상황 판단에 능한 사람답게 그는 재빨리 지금 상황 을 분석해 봤다.

'주루 입구에는 비표조(秘豹組)가 있다. 그런데 이런 보고 가 올라올 정도라면 그들로 감당이 안 된다는 말. 오늘 오신 손님은, 보자…… 어이쿠! 진국장군(鎭國將軍:친왕의 손자)께 서 와 계시는군. 그리고 왕부의 우장사(右長史)와 승선포정사의 좌참의(右參議). 그리고 사자철검(獅子鐵劍) 하후(夏候) 대협께서 와 계시는군. 거기다 조금 있으면 섬서, 감숙, 산서 지역의 후기지수 모임이 있다고 하니 이거 골치 아프게 생겼군.'

가만히 손꼽아보니 더 이상 시끄러워져서는 좋을 게 없다.

귀빈들과 단체 손님이 줄줄이 있으니 단시간 내에 제압하든지 구슬려서 보내야 한다.

"할 수 없지. 비표조가 깨졌다니 비호대(飛虎隊)를 보내. 그리고 춘각(春閣)의 향화(香華)를 대기시켜 놓고."

비표조는 일류급이다.

그런데도 깨졌다니 초일류급인 비호대를 보내고, 만약의 사태에 대비해 천(天), 상(上), 향급(香級)으로 나눠진 기녀들 중에서 향급제일기녀를 대기시켰다.

하지만 이각도 지나지 않아 들려오는 보고.

"큰일 났습니다. 비호대가 모두 맛이 가고 향화는 그놈에게 넋이 나갔는지 오히려 애교를 부리고 있습니다."

"뭣이라?"

머리가 지끈거렸다.

풍파무쌍한 강호니 절정고수를 만나면 비호대도 깨질 수 있다. 하지만 웬만한 사내는 눈 아래로 내려다보는 향화가 놈을 구슬리는 대신 오히려 꼬리를 치고 있다니?

"끙, 결국 내가 직접 가봐야겠군. 비웅대(秘雄隊)를 부르고 루주께 보고를 올려."

비웅대는 천화루를 지탱하는 힘이다.

각자가 절정 급에 이른 서른 명의 고수.

그들이 있기에 오늘의 천화루가 있는 것이다.

'설마 흑백무상(黑白無常)께서 나서실 일은 없겠지……'

흑백무상은 그야말로 천화루의 최후 보루.

무당제일검이나 뇌존 탁군명이 오지 않은 다음에야 그들까지 나설 일은 절대 없으리라.


입구로 나가보니 벌써 구경꾼이 잔뜩 모여 있다.

'망신이로고……'

천화루가 생긴 이래 비웅대까지 나선 건 열 번도 채 되지 않는다. 그런데 하필 오늘이 그날일 줄이야.

'일단 놈이 뭘 원하는지부터 알아봐야겠지?'

이총삼은 얇실한 수염을 꼬며 비웅대 대주에게 신호를 보냈다. 그러자 비웅대 대주가 팔짱을 척 끼며 관록 어린 목소리로 말했다.

"백주대낮에 실성한 것도 아닐 텐데 이 무슨 행팬가? 보다시피 이곳은 기루를 겸한 주루. 행패 부려봤자 남는 게 거의 없을 텐데 무엇 때문에 이런 행패를 부리는 건가?"

이총삼은 속으로 옳거니 했다.

자기가 나섰어도 저 이상 자연스럽게 말하진 못했으리라.

그렇게 감탄하고 있는데 상대에게서 의외의 대답이 흘러
나왔다.

"행패를 부리기 위해 온 것이 아니고 이 등을 걸기 위해서
왔소만, 미처 양해를 구하지 못해 죄송하오. 그러나 보시다시
피 양해를 구하기엔 좀 난처하게 생긴 등이라서 말이오."

순간, 이총삼은 심장이 철렁 내려앉고 머리카락이 쭈뼛 곤
두서는 느낌을 받았다.

'맙소사! 저 등은… 저 등은……?'

평소보다 두 배나 커진 그의 눈에 들어온 건 전대 루주, 즉
지금의 태상 루주에게서 귀가 닳도록 전해 듣던 바로 그 등이
었다.

설마하니 그 등이 진짜로 나타날 줄이야!

이총삼은 눈앞이 하얗게 변하는 걸 느끼며 더듬거리는 목
소리로 말했다.

"그, 그, 그렇게 하시라고 말씀드리시오. 아니, 대주께서
직접 등을, 아차, 그건 아니고, 아무튼 뜻대로 하시라고 말씀
드리시오."

그 말과 함께 모두에게 급히 뒤로 물러나라고 이야기한다.

"……?"

비웅대들은 어리둥절한 표정으로 이총삼을 쳐다봤다.

장내에 있던 이들도 마찬가지였다.

갑자기 왜 총관이 태도를 백팔십도 바꾸는 것일까? 그것도

사시나무처럼 몸을 덜덜 떨며.

모두 의아한 눈길로 이총삼을 쳐다보자 비웅대 대주가 그들을 대신하여 물어봤다.

"대인, 갑자기 왜 그러시는지? 혹시 저자에게 무슨 약점이라도 잡힌 게 있으십니까? 아니면 우리 실력을 못 믿어서 그러신 겁니까? 둘 다 아니라면 왜 저런 흉측한 등을 달라고 허락을 하시는 건지?"

그러나 돌아온 답변은 황당함을 넘어 경악스럽기까지 했다.

"강 대주, 입 닥치시고 어서 저분을 특실로, 아니, 귀빈실로 모셔주시오. 나는 급히 루주께 보고를 드리러 가야겠소."

그 말과 함께 허둥지둥 등을 돌려 누각 안으로 달려간다.

그때, 누각 안쪽에서 누군가가 걸어나왔다.

사각턱에 부리부리한 눈을 지닌 사내.

그가 이총삼을 막아서더니 활활 타오르는 목소리로 말했다.

"이 총관, 대체 무슨 일인가? 듣자 하니 저자가 천화루를 상대로 물을 먹이려는 모양인데, 왜 저런 작자에게 쩔쩔매고 있나? 천화루 뒤에는 내가 있지 않은가?"

그러면서 묵자후를 쏘아보는 사각턱의 사내.

대단한 기도였다.

묵자후를 쏘아보는 그의 눈에 불꽃같은 기운이 이글거렸다.

'어이쿠! 결국 사자철검께서 끼어드시고 말았구나. 이 일을 어쩐다?'

이총삼은 울상이 되어 발을 동동 굴렀다.

사자철검 하후패.

그는 서안이 자랑하는 초절정고수였다.

그가 가주로 있는 철검장(鐵劍莊)은 화산파에서도 감히 무시하지 못한다는 소문이 떠돌 정도이니 더 이상 말해 무엇 하랴.

그런 그가 술김에 엉뚱한 의협심을 발휘하려 한다.

평소에는 점잖다가도 술만 들어가면 항상 자기 무위를 과시하려는 하후패.

이럴 때마다 주변 사람들은 심장이 바짝 타들어간다.

이총삼도 매번 그 주변 사람 측에 속했다.

그러나 오늘만은 그럴 수 없었다.

"아, 하후 대협. 별일 아닙니다. 저분은 저희 주루의 귀빈이십니다. 서로 오해가 있어서……."

그 말이 미처 끝나기도 전에 하후패가 버럭 호통을 쳤다.

"자네는 나를 세 살 먹은 어린아이로 아는가! 내 귀는 백 장 밖의 낙엽 떨어지는 소리까지 듣네. 이런 나를 무시하려는 게 아니라면 잠자코 있게. 내가 저자를 개구멍 밖으로 몰아내 주겠네."

"어이쿠! 그, 그게 아니라……."

이총삼이 화들짝 놀라 급히 그를 말리려 할 때였다.

"누가 누구를 개구멍 밖으로 몬다고?"

싸늘한 묵자후의 음성이 들려왔다. 뒤이어 심장을 옥죄는 살기가 이총삼에게까지 전해져 왔다.

'아이고! 이거 일 났구나, 일 났어! 이 일을 어떻게 한다? 어서 루주께, 루주께 알려야 하는데……'

까딱 잘못하다간 둘이 맞붙을 상황.

그러나 당장에라도 묵자후에게 달려가려고 하는 하후패를 막느라 안으로 들어가지도 못하고, 그렇다고 뒤로 물러서지도 못하는 이총삼이다.

때문에 그의 얼굴이 울상을 넘어 거의 통곡 지경에까지 이르렀을 때, 어디선가 낭랑한 목소리가 들려왔다.

"루주께서 전하시는 말씀입니다. 하후 대협께서는 천화루의 입장을 고려하셔서 잠시 흥분을 가라앉혀 주십사……. 본루의 일은 본 루에서 알아서 하는 게 도리. 그러나 사의(謝儀)를 표하는 뜻에서 천향각(天香閣)으로 모시겠나이다, 하셨습니다."

순간, 하후패의 눈이 휘둥그레졌다.

"방금 뭐라고? 천향각이라고?"

천향각이라면 이곳 천화루에서 두 번째로 비싼 초특급 미녀가 머무는 곳이다.

그곳을 통째로 이용하게 해준다니?

왕후세작이나 훈공대신 급이 아니면 언감생심, 꿈도 꿀 수 없는 일이다. 그런데 그 일이 자기에게 벌어지다니?

'대체 저놈의 정체가 뭐기에?'

행운이라고 생각하자니 너무 엄청나고 대단한 일이라 하후패는 묵자후를 보며 고개를 갸웃거렸다.

그때 누각 안쪽에서 월궁항아 같은 네 미인이 사뿐사뿐 걸어나오더니 묵자후를 향해 날아갈 듯 절을 하기 시작했다. 그러면서 하는 말.

"루주께서 말씀하셨습니다. 오늘은 천기가 상생하는 날이라 귀인께서 왕림하셨도다. 본 루의 이름이 높아갈수록 가산을 탕진하는 사람이 많아 마음이 괴로웠던 바, 하늘이 그 마음을 읽으셨도다. 본디 화(禍)와 복(福)은 같이 오고 길상(吉相)은 흉상(凶相)과 함께 있을 때 빛이 나는 법. 음양이 화합하고 화수목금(火水木金)이 상극하는 이치가 그와 같도다. 다행히 귀인께서 본 루에 흉등(凶燈)을 걸어 색욕에 빠지기 쉬운 사람들을 경계코자 하시니, 본 루주는 귀인의 마음을 감사히 여겨 삼가 귀빈으로 청하오니, 부디 거절치 마시옵소서, 하셨습니다."

"아! 그래서 그랬구나!"

"알고 보니 저 흉등에 그런 깊은 뜻이 있었군!"

하후패는 물론이고, 미녀들의 전언을 들은 사람들은 그제야 고개를 끄덕이기 시작했다. 그리고 그때부터 대담하게도 주루에 흥등을 걸러 온 묵자후와 그 마음을 순수하게 받아들인 루주의 포용력에 대해 저마다 찬사를 보내기 시작했다. 또한 이번 일로 가장 큰 혜택을 보게 된 사자철검 하후패를 향해 부러운 눈빛을 보내기도 했다.

그러나 묵자후는 묘한 표정으로 누각 꼭대기를 바라봤다.

창가에 어른거리는 그림자.

휘장과 면사에 가려 제대로 확인할 순 없지만, 늘씬한 몸매에 궁장 차림을 하고 있는 저 여인이 바로 이곳 루주이리라.

'누군지 몰라도 매우 지혜로운 여인이군. 몇 마디 말로 상황을 자연스럽게 뒤바꿔 버리다니……'

과연 무슨 의도에서 자신을 배려해 준 것일까?

그녀 덕분에 마등이 사람들의 주의를 끌지 않게 됐다. 아니, 어떻게 보면 오히려 좋은 의미로 입소문이 나게 됐다.

'아무튼 귀빈으로 모시겠다니 잠깐 만나보긴 해야겠군.'

물론 그전에 마등부터 걸어야 한다.

팟!

묵자후는 가볍게 몸을 날려 용마루 끝에 마등을 걸었다.

"와아!"

"멋있는데?"

"휘익! 죽여주는군!"

사람들이 그 모습을 보고 일제히 환호성을 터뜨렸다.

과연 그들은 묵자후의 신법을 보고 환호한 것일까? 아니면 마등을 보고 환호한 것일까?

　묵자후가 미녀들을 따라 누각 안으로 사라지자 마등이 세상을 향해 빛을 발하기 시작했다.

　아수라의 형상으로, 음산하고 으스스한 불꽃으로…….

제39장

희사

魔道
天下

누각 오층은 상상 이상으로 화려했다.

천장에는 영롱한 야명주가 반짝이고 벽에는 봉황 모양의 금 촛대에 팔뚝만 한 오색 초를 꽂았다.

바닥에는 서역에서 들여온 융단을 깔았고 사방 모서리에 분재와 족자, 화병과 도자기 등으로 운치있게 꾸며놓았다.

그리고 좌우 벽면에는 각종 서재를 배치했고 열 걸음마다 옥색 향로를 두었는데, 거기에서 청아한 향기가 흘러나와 심신을 편안하게 만들어주었다.

또한 방 중앙에는 손님을 맞이하기 위한 고색창연한 의자와 탁자를 놓았는데 루주는 그 뒤에 서 있었다. 하늘거리는 비단 휘장 너머, 서안 시내가 한눈에 내려다 보이는 커다란 창가 부근에…….

창가에는 자단목으로 된 침상과 머릿장, 경대, 네 명이 앉을 수 있는 식탁 등이 놓여 있었다.

침상 앞에는 대나무 발이 드리워져 있고 그 안에 한 사람이 누워 있었다. 물론 루주는 아니었다.

루주는 묵자후가 들어오자마자 빙글 몸을 돌려 날아갈 듯 우아하게 배례를 올렸다.

"천첩이 지존을 뵈옵니다."

쟁반에 옥구슬 굴러가듯 아름다운 목소리.

그러나 묵자후는 목소리보다 그 내용에 더 놀랐다.

천첩이라니?

그리고 지존이라니?

설마 이 여인도 마도의 생존자란 말인가?

'그러기엔 너무 젊은데……?

비록 망사를 쓰고 있었지만, 묵자후는 그녀의 얼굴을 한눈에 꿰뚫어 볼 수 있었다. 아무리 봐도 서른 살을 넘지 않은 것 같은데 어찌하여 자신을 지존이라 부른단 말인가?

그러다가 문득 떠오르는 사람이 있었다.

"혹시, 그대가……?"

루주가 다소곳이 고개를 숙이며 대답했다.

"그러하옵니다. 천첩이 바로 마등령주이옵니다."

"······!"

설마하니 마등령주가 여자였을 줄이야.

그리고 이곳 천화루의 루주였을 줄이야!

묵자후는 그제야 그녀가 왜 자신을 비호했는지, 그리고 왜 마등을 좋은 뜻으로 소개했는지 깨달을 수 있었다.

하지만 아직도 풀리지 않는 한 가지 의문.

그녀는 왜 스스로를 천첩이라고 낮춰서 이야기하는 것일까?

천첩은 계집종이라는 뜻으로도 쓰이지만, 그 속뜻을 살펴보면 결국 첩(妾)처럼 잠자리를 같이하는 시녀라는 뜻인데······.

그때 루주가 얼굴을 가린 망사를 풀어 내렸다.

과연 신비할 정도로 아름다운 여인!

나이는 스물여덟에서 아홉 정도였다.

그린 듯한 아미에 반짝이는 두 눈.

수줍은 콧방울에 촉촉하고 탐스런 입술.

풋풋하면서도 요염한, 청초하면서도 성숙해 보이는 여인이었다. 동시에 지혜롭고 현숙해 보이기도 했다.

망사를 완전히 풀어 넘겨 그윽한 시선으로 묵자후를 바라보던 그녀.

갑자기 고개를 숙이며 죄를 청했다.

"천첩이 외람되게도 지존께 죄를 범했습니다. 부디 용서하여 주시기를……."

"죄? 내게 무슨 죄를 범했다는 말이오?"

"천첩이 직접 마중 나가지 않고 아이들을 보내 여기까지 올라오시게 한 죄입니다."

"아! 그게 무슨 죄라고. 신경 쓰지 마시오."

묵자후가 별일 아니라는 듯 이야기하자 두 손을 가슴에 모으며 그녀가 감사의 뜻으로 재차 고개를 숙였다.

"지존께서 천첩의 죄를 나무라지 않으시니 한시름 덜었습니다. 사실 천첩이 지존을 여기까지 오시라고 한 이유는……."

거기까지 말하고 조심스럽게 뒷걸음질을 친 그녀.

"어머니의 간곡한 부탁이 있었기 때문입니다."

그 말과 함께 등 뒤의 발을 걷어올린 뒤 한쪽 옆으로 물러나 공손히 시립한다.


침대 위에 누워 있는 사람은 병색이 완연한 노파였다.

그것도 눈두덩이 푹 꺼지고 뺨이 홀쭉하게 변해, 살날이 얼마 남지 않아 보이는 일흔 살가량의 노파였다.

"노신이, 쿨럭쿨럭. 지존을… 배알하옵니다."

노파가 기침을 토하며 힘겹게 입을 열었다.

마치 뼈에 가죽만 남은 듯한 그녀가 퀭한 눈에 눈물을 글썽이며 메마른 입술을 달싹이자 묵자후는 자기도 모르게 가슴이 찡했다.

신품귀수 냉희궁을 만났을 때도 이런 기분은 아니었다.

그런데 왜 저 노파를 보자 저절로 눈시울이 붉어지는 것일까?

이유는 곧 알 수 있었다.

침상에 누워 입술만 달싹이는 노파, 소혼파파(消魂婆婆) 두낭랑(杜娘娘)이 다시 기침을 터뜨리며 말했다.

"노신이 이런 모습으로, 쿨럭쿨럭. 지존을 뵙게 되어… 죄송하기가 한량없습니다. 그러나 죽기 전에 지존을 뵈었으니, 쿨럭쿨럭. 더 이상… 여한이 없소이다."

"제가 지존이란 사실을 어떻게 아시는지? 아니, 어떻게 확신하시는지……?"

묵자후가 떨리는 목소리로 묻자 노파가 힘겹게 웃으며 대답했다.

"내 인생과 꿈을 바쳤던 철마성… 그곳이 무너지고 난 뒤… 이곳에 마등을 걸러 올 사람은 지존밖에 없답니다. 그게 대장로님의 약속이었으니. 저는 대장로님을 믿습니다. 쿨럭쿨럭. 그 약속을 믿고 기다린 지… 올해로 이십사 년째랍니다."

"아아……."

묵자후는 그때서야 깨닫게 됐다.

자신이 왜 저 여인을 보며 눈시울을 붉히는지.

소혼파파 두낭랑.

그녀에게선 대장로와 같은 향기가 난다.

지극한 충성심. 눈물겨운 신뢰. 변하지 않는 한결같은 헌신……

저 여인을 보면서 무의식적으로 혈영노조를 떠올린 때문이리라.

'아마 저 여인이 진정한 마등령주일 것이다!'

예상은 한 치의 오차도 없이 딱 맞아떨어졌다.

"이 아이의 이름은 희사(羲蛇). 오래전부터 지존께 바쳐진 아이랍니다."

두낭랑이 루주를 소개했다.

자신을 향해 공손히 읍을 해 보이는 루주, 희사.

묵자후도 마주 눈인사를 했다.

'그런데 바쳐진 아이라니, 그게 무슨 뜻이지?'

그 이유도 곧 알 수 있었다.

"희사는 제 뒤를 이어 마등을 영접할 아이. 동시에 지존께 드리는 선물입니다."

"선물… 이라니요?"

노파가 힘겹게, 그러나 빙그레 웃으며 설명했다.

"십몇 년부터 노신의 몸이 이 모양이 되어버렸지요. 그러다 보니 저 아이의 머리도, 쿨럭쿨럭. 올려주지 못했습니다."

기녀에게 머리를 올려준다는 말은 남자 손님과 첫날밤을

치르게 해준다는 뜻. 그때부터 기녀들은 머리를 올리고 비녀를 꽂게 된다.

"하여 저 아이에게 약속했지요. 네 머리는 지존께서 올려주실 게다. 그렇게 이야기하고 나니 저 아이의 미색이 좀 뛰어나야지요. 그래서 내친김에 지존께 도움이 되기 위하여 노신이 알고 있는 합환술(合歡術)을 가르쳤답니다. 채양보음(採陽補陰)을 넘어 음양화합에 이를 수 있게. 그때부터 저렇게 수절하며 과부 아닌 과부 신세로 지내고 있지요. 이제 지존께서 오셨으니 과부 신세는 벗어나게 됐군요."

"예에?"

묵자후는 순간적으로 당황했다.

두낭랑 이야기를 듣고 보니 희사가 왜 스스로를 천첩이라고 낮추어 이야기하는지 알 수 있었다. 하지만 그녀 의사도 물어보지 않고, 묵자후가 될지 혹은 다른 누가 될지 알 수 없는, 그리고 언제 나타날지도 알 수 없는 미지의 지존에게 몸을 바치라고 이야기하고 또 합환술을 가르쳐 그에게 도움을 주려 했다니?

그게 두낭랑식의 충성심 표현 방법인지는 몰라도 묵자후는 도저히 받아들여지지가 않았다.

"배려는 감사합니다만, 저는 합환이 필요치 않습니다."

묵자후가 사양하자 두낭랑이 파르르 얼굴을 떨었다. 희사도 마찬가지였다.

두 사람의 표정을 보고 묵자후는 또 한 번 당황했다.

자신이 루주를 거절한 게 그렇게 충격적인 일이란 말인가?

두낭랑은 한동안 입을 다물었다.

회사 역시 마찬가지였다.

원망스러운 듯 입술을 꼭 깨물며 묵자후를 바라보는 그녀.

그녀의 눈에 파문이 일었다.

사실 묵자후 입장에서는 두낭랑의 발상이 전혀 이해가 되지 않았지만 회사는 그렇지 않았다.

회사에겐 묵자후가 곧 꿈이요, 희망이었다.

누가 낭군이 되든, 고아로 떠돌던 자신을 거둬 풍요로운 삶을 살 수 있게 해준 양어머니다. 특히 십 년 이상을 병마에 시달리면서도 친어머니 이상의 애정을 베풀어준 양어머니이기도 하다.

그녀의 은혜에 보답하는 길은 오직 그녀의 평생 소망인 지존을 영접하는 것. 따라서 양어머니의 뒤를 이어 마등령주 직을 수행하며 마도의 부활을 위해 기쁜 마음으로 지존께 몸과 마음을 바쳐야겠다고 다짐했다.

그 결심을 한 게 열여섯 살 때.

그때부터 회사는 세상에 대한 미련을 끊고 지존에 대한 꿈과 환상을 키워왔다.

마음속의 정인.

그가 바로 대마도의 지존이시다, 라고 스스로 되뇌며.

그렇게 사춘기 소녀의 꿈과 희망을 걸고 지존을 영접하기 위해 수련과 공부에 몰두한 세월이 무려 십삼 년.

꽃다운 열여덟. 꿈 많은 스물. 외로운 스물셋을 지나 어느새 다가오는 새해가 두려운 스물아홉이 되었다. 그런데도 지존은 여전히 나타나지 않았다.

이러다가 나도 어머니처럼 홀로 늙어가야 하는 게 아닐까 걱정하며 하루하루를 보내는데, 드디어 오늘, 꿈에도 그리던 지존께서 나타나셨다!

희사는 곧바로 알아볼 수 있었다.

저분이 바로 지존이시다! 저렇게 멋지고 늠름한 분이 바로 지존이시고 내 낭군이시다!

그때부터 설레어 뭘 어떻게 준비했는지도 모른다.

그저 어머니께 말씀드리고 확인을 받은 후 수하들에게 그를 모시라고 하고 급히 몸치장을 하느라 땀을 뻘뻘 흘린 기억밖에 없다.

그런데 이런 자신의 꿈과 희망을 산산이 부숴 버리시다니…….

그때 두낭랑이 긴 한숨을 쉬며 말했다.

"노신이 희사를 지존께 바치려는 이유는 내가 죽고 난 뒤 저 아이가 의지할 곳이 없을까 봐 그러는 것이라오. 또한 합환술을 가르친 이유는……."

그 말과 함께 앙상한 손을 들어 올려 묵자후를 손짓했다.

희사가 그녀의 뜻을 전했다.

"어머니께서 지존의 공력을 가늠해 보셨으면, 하십니다."

묵자후는 고개를 끄덕이며 그녀에게 손목을 맡겼다.

두낭랑의 얼굴이 또 한 번 떨렸다.

"대체 어디서 이런 공력을… 어떻게 이런 어마어마한 공력을……?"

그녀의 퀭한 눈에 경악이 어렸다.

반대로 희사의 눈은 급격히 우울해졌다.

"사공 백부께 배운 내공심법 때문입니다. 또한 영물과의 인연도 있었습니다."

"사공 백부? 영물?"

두낭랑이 고개를 갸웃거리자 묵자후는 흡혈시마와 만년오공, 그리고 화령신조와의 인연에 대해 이야기했다.

그러자 경악하는 두낭랑.

그녀의 간곡한 부탁에 묵자후는 천금마옥에 대한 이야기를 추가로 해줬다. 역시나 냉희궁처럼 눈물을 펑펑 쏟기 시작하는 그녀.

가뜩이나 기력이 쇠잔한 몸. 저러다 탈이라도 나면 어떡하나 싶어 걱정하고 있는데 희사가 먼저 손을 썼다.

손수건으로 눈물을 닦고, 그녀를 부축해 반쯤 몸을 일으키게 만든 뒤 머릿장에 놓인 탕재를 그녀의 입술에 갖다 댔다.

그러나 반도 못 마시고 격한 기침을 토하는 두낭랑. 그 바람에 희사의 옷이 검붉게 변해 버렸다.

묵자후는 깜짝 놀라 침상으로 다가갔다.

'이건 심상치 않다!'

급히 두낭랑의 맥을 짚어봤다.

예상대로였다. 심각함을 넘어 절망적이었다.

'이런 몸으로 여태……?'

묵자후는 참담한 눈길로 두낭랑을 바라봤다.

그녀의 오장육부는 이미 다 녹아 있었다.

지금까지 살아 있는 것만 해도 기적이었다.

하지만 문제는 그게 아니었다.

"도대체 누가, 어떤 놈이?"

묵자후가 이를 갈며 으르렁거렸다.

이미 사신이 짙게 드리운 두낭랑.

그녀의 병세는 전형적인 내가중수법(內家重手法)에 의한 것
이었다. 그것도 사람을 서서히 말려 죽이는 악질적이고 치명
적인 수법에 당한 것이었다.

그러나 두낭랑은 잠시 대답을 미뤘다.

묵자후에게는 고맙다는 눈빛을, 희사에게는 정겨운 눈빛
을 보내다가 기침이 가라앉자 다시 입을 열기 시작했다.

"알고 보니 지존께선 파천혈룡단 묵 단주와 군영당 금 당
주의 자제분이셨구려. 역시 호부(虎父) 밑에 견자(犬子) 없다
더니, 실로 멋진 부모를 만나셨소."

"저희 부모님을… 아시는지요?"

"알다마다요. 노신이 금 당주를 키웠었지요."

"예에?"

그때부터 흘러나오는 아련한 비사(秘事).

그녀가 말한 대로였다.

마도명부록을 비롯해 마맥의 모든 정보를 지녀 마도의 최후 보루라 불리는 마등령주.

그 힘의 근원은 군영당에서 비롯되었다.

알고 보니 두낭랑은 군영당의 창시자.

묵자후의 모친인 금초초에게 군영당을 물려주고 자신은 만약의 사태를 대비해 마등령주 직을 맡은 것이다.

마등령주 직을 입안한 사람은 마뇌.

그가 오늘의 상황을 예견이라도 한 듯 이중삼중의 대비책을 세워놓은 것이다.


"그러셨군요. 어머니의 사부님이나 마찬가지니 지금부터 노태태(老太太)라 부르겠습니다."

묵자후가 노태태라고 부르겠다는 말은 할머니처럼 친근하게 여기겠다는 뜻. 원래는 노노태태(老老太太)가 바른 말이지만 노노태태는 단순한 이웃 할머니를 뜻한다. 그래서 그보다 친근하다는 의미에서 한 자를 줄여 노태태라 부른 것이다.

소혼파파에서 이제 노태태라 불리게 된 두낭랑.

그녀가 기분 좋은 듯 고개를 끄덕이더니 웃는 낯빛으로 불쑥 말했다.

"지존께서 노신을 정말 그렇게 여기시겠다면, 여기 있는 희사를 맡아주시오."

"예에? 그, 그건……."

묵자후가 당황하여 대답을 망설였다.

두낭랑은 그런 묵자후를 뚫어질 듯 바라보다가 묘한 눈빛으로 입을 열었다.

"알고 보니 우리 지존께서는 아직 총각이셨구려."

"쿨럭!"

치명적인 일격이었다.

"그, 그게……."

당황하여 무슨 말을 해야 할지도 잘 생각나지 않았다. 그 틈을 두낭랑이 파고들었다.

"그렇다면 더더욱 잘되었구려. 지존께서 희사를 맡아주시오. 이 아이가 알아서 잘 가르쳐 줄 것입니다."

순간, 희사의 눈에 안도와 함께 수줍은 미소가 어렸다.

"그게 아직… 합환으로 공력을 더 보텔 필요가……."

"그 역시 좋은 말씀이오. 지존께서 공력이 더 필요하지 않으시다면 우리 희사의 공력을 높여주시면 되겠구려."

"노태태, 그런 것이 아니라……."

"아무튼! 노신은 저 아이를 지존께 드렸으니 버리시든 취하시든 알아서 하시지요. 그보다……."

역시 늙은 생강이 맵다. 자연스럽게 말꼬리를 돌리며 은근슬쩍 회사에 관한 일을 확정지어 버린다. 그리고는 회한이 가득한 목소리로 이야기한다.

"벌써 이십사 년이 흘렀구려, 마등을 다시 보게 된 게……."

그러면서 퀭한 눈으로 묵자후를 바라본다.

절절한 갈망이 담긴 눈빛.

"맥없이 죽어버린 내 심장이 원하는구려. 보여주시겠소? 지존령……."

그녀가 떨리는 목소리로 말했다. 순간 회사가 몸을 움찔했고 묵자후가 고개를 끄덕였다.

천천히 목걸이를 풀어 두낭랑의 손에 쥐어주는 묵자후.

"지존… 지존이시여……. 원통하게 돌아가신 나의 철혈마제시여! 으허허허헝!'

두낭랑이 대성통곡했다.

어디서 그런 힘이 솟았는지 다 죽어가던 사람이 어깨를 들썩이며 방성대곡했다.

무척 위험한 상태였지만 묵자후는 도저히 말릴 수 없었다. 이번에는…….

한참을 오열하던 두낭랑이 말했다. 아직도 눈물이 흘러내리는 퀭한 눈으로, 메마른 입술에서 흘러나오는 기진맥진한 음성으로.

"이제 지존령을 뵈었으니 정식으로 부탁드리겠습니다. 지존이시여! 공동파를 무너뜨려 주십시오! 주춧돌 하나 남지 않도록 철저하게 부숴주십시오! 그게 노신이 죽기 전에 지존께 드리는 간절한 소원이외다."

"노태태, 제 이름을 걸고 약속드리겠습니다."

묵자후가 고개를 끄덕이며 두낭랑의 손을 꼭 잡아주자 그녀는 만족한 듯 희미한 미소를 보였다.

"고맙소. 가장 잔인했던 놈들이오. 가장 악랄했던 놈들이오. 그 짐승 같은 놈들에게 수많은 여제자들이 농락당했다오. 이 늙은이는 물론이고 그대 모친까지 유린당할 뻔했지……."

그 말에 묵자후의 눈썹이 꿈틀거렸다.

그래! 그랬었군!

결국 네놈들이었단 말이지?

우리 어머니의 얼굴이 그렇게 된 이유가, 그리고 이 불쌍한 여인의 몸이 만신창이가 된 이유가 바로 네놈들 때문이었단 말이지?

피가 끓었다.

주먹에 힘이 들어가고 온몸에 살기가 꿈틀거렸다.

그러나 이를 악물고 참을 수밖에 없었다.

지금 살기를 터뜨리면 이 누각 전체가 초토화되는 것은 물론이고, 눈앞에 누워 있는 여인, 두낭랑의 생사도 장담하지 못하게 된다.

묵자후가 억지로 살기를 가라앉히자 두낭랑이 흐뭇한 표정으로 고개를 끄덕였다. 그리고는 지존령을 넘겨주며 재차 입을 열었다.

"지존, 노신에게 또 하나의 소원이 있다오."

"말씀하시지요, 노태태."

"지존령에는 전대 지존이신 철혈마제의 진전이 새겨져 있다오. 동시에 그분 무학의 근원인 천마 어르신의 절학도 일부 새겨져 있지요. 혹시 아시는지?"

"예, 알고 있습니다."

"그럼 보여주시겠습니까? 얼마나 이어받으셨는지."

"……."

묵자후는 잠시 침묵을 지켰다.

지존령에 새겨져 있는 무공…….

하늘을 저주하며 피가 나도록 익힌 무공이다.

다시는 당하지 않기 위해. 다시는 사랑하는 이들의 죽음을 무기력하게 바라보지 않기 위해.

그래서 밤을 잊고 낮을 잊었다.

천산군도에 있을 때, 날마다 선실에 틀어박혀 지존령에 새겨진 무공 원리를 참오했고, 날마다 물속에 들어가 그 무공 원리를 재현해 봤다.

그 결과 깨닫게 된 일곱 가지 요결.

비격탄섬참화류(飛擊彈閃斬化流)!

그게 천산군도에서 일 년 넘게 머무르면서 거둔 유일한 수확이었다.

　'아니, 하나 더 있군. 좌무기 그놈……'

　묵자후는 속으로 피식 웃으며 자리에서 일어났다.

　"화후가 얼마나 될지 모르겠지만, 보여 드리겠습니다."

　그 말과 함께 두낭랑이 잘 볼 수 있도록 베개를 괴어준 묵자후는 창문을 활짝 열어젖혔다.

　긴장한 표정으로 바라보는 두낭랑과 희사.

　묵자후는 속으로 생각했다.

　'여기서는 비(飛)도 마땅치 않고 격(擊)도 마땅치 않군. 탄(彈)을 쓰자니 누각이 터져 나갈 우려가 있고……'

　생각을 정리한 묵자후는 천천히 검을 뽑았다.

　서안 시장통에서 산 싸구려 철검.

　그 검이 느릿하게 허공으로 향했다. 그리고 묵자후가 손목을 까닥였다 싶은 순간,

　번―쩍!

　검극에서 뭔가가 튀어나갔다.

　그게 뭔지 육안으로는 도저히 확인할 수 없는 어마어마한 빠르기였다.

　그 결과,

　쫘르르르르릉.

　고막을 찢는 벽력음이 한참 뒤에 흘러나왔다. 검극에서 튀

어나간 무형의 기파! 빛보다 빠른 속도를 따라잡지 못해 뒤늦게 흘러나온 것이었다.

그리고…

"오오오……! 오오오……!"

두낭랑의 입에서 억눌린 괴성이 흘러나왔다.

희사는 숨도 못 쉬고 제 가슴을 껴안으며 눈을 부릅떴다.

하늘!

저 노을에 잠긴 하늘이 서서히 쪼개지고 있었다.

새하얀 섬광이 하늘 위쪽에서 아래까지 천천히 내려오며 선명한 길을 만들고 있었다.

지존령 무공의 초현(初現)!

두낭랑이 눈물을 흘리며 중얼거렸다.

"천마섬(天魔閃)! 천마섬을 내 생애에 다시 보게 될 줄이야……."

그 말을 끝으로 그녀는 그 자리에서 굳어버렸다.

퀭한 눈에 눈물을 주루룩 흘리며.

벅찬 감격에 다시 쿵쿵 뛰었던 심장 소리를 간직한 채.

그녀는 한 많은 일생을 마감하고 말았다.

"어머니—!"

희사의 절규는 한참 뒤에 흘러나왔다.

묵자후는 그녀 뒤에서 조용히, 그러나 두 눈을 붉게 물들이며 그녀의 명복을 빌었다.

*　　　*　　　*

희사는 상복을 입고 있었다.

천화루는 사십구 일 동안 문을 닫기로 했다.

마등은 초상을 알리는 수백 개의 조등(弔燈)과 함께 용마루 위에서 으스스한 빛을 뿌리고 있었다.

"지존……."

희사가 조용히 묵자후를 불렀다.

소복 차림에 두 손을 곱게 모은 그녀는 가슴 가득 두루마리를 안고 있었다.

빛바랜 수십 개의 두루마리.

그녀가 말했다.

"마도명부록(魔道名簿錄)이옵니다."

마도명부록!

철혈의 법을 따르기로 한 마도 방파와 그 소속 무인들의 이름을 적은 책자.

알고 보니 책은 사본이었고 원본은 희사가 갖고 온 저 두루마리였다.

그녀 뒤에는 두 사람이 서 있었다.

흑백무상.

천화루 최고 고수라 불리는 그들은 옛 철마성의 생존자들이었다.

과거 명호는 흑귀백귀(黑鬼白鬼).

그들 역시 품 안 가득 두루마리를 안고 있었는데, 의외로 그들은 묵자후를 향해 한없는 존경심을 표시하고 있었다.

웃기게도 묵자후가 지존이어서가 아니라 파천혈룡단의 단주, 생사도 묵잠의 아들이란 사실 때문이었다.

두낭랑의 장례를 치르고 난 뒤 상견례를 하게 된 두 사람.

그들이 조심스럽게 한 말이 바로 그것이었다.

"저희들은 예전부터 지존을 별로 좋아하지 않았습니다. 수신제 가치국평천하(修身齊家治國平天下)라 했는데, 전대 지존께선 너무 부인의 눈치를 보셨죠. 또한 성품이 너무 유하셔서 저희 같은 말단들은 차라리 묵 단주님을 지존처럼 여겼었지요."

그 말을 듣고 희사는 매우 놀랐다.

흑백무상 하면 서안 전체가 벌벌 떠는 초절정고수들인데 그들이 과거에는 말단 무사에 불과했다니.

물론 과장이 많이 섞인 말이었지만—당시 두 사람은 부당주 급이었다—두낭랑이 병석에 눕고 난 뒤부터 두 사람을 하늘 같이 믿고 의지했던 터라 충격이 꽤 컸다.

하지만 그 충격 때문에 오히려 더 묵자후를 좋아하게 된 희사였다.

두낭랑의 말을 들어봐도 그렇고, 흑백무상의 말을 들어봐도 그렇고, 그의 부모에 대한 존경심이 절로 일었기에 묵자후가 자신을 받아준다면 얼마나 좋을까 하는 생각으로 잠 못 이룰 때가 많았다.

그럴 때마다 드는 생각.

'어머니가 나를 지존께 맡기셨다고 했지만, 그분에 비해 내 나이가 너무 많아. 그러니 언감생심, 욕심 부리지 말고 실망하지 말고 지존께 성심성의를 다하자. 그러면 혹시 알아? 지존께서 내 마음을 알고 나를 옆에 앉혀주실지⋯⋯.'

그런 생각으로 묵자후에게 지극정성을 바치기로 결심하는 희사였다.

왜냐, 이미 그녀는 천화루라는 당대 최고의 기루를 운영하고 있는 여인. 때문에 남자에 대해서라면 그 누구보다 정통했다.

굳이 비유를 하자면 묵자후는 떠오르는 아침 해. 자신은 시드는 꽃과 같을 정도로 나이 차이가 난다. 그러니 미모로 승부하려고 하면 백전백패. 그의 마음을 얻어야 한다. 그가 믿고 의지하도록.

의외로 남자들은 누나 같고 어머니 같은 여인에게는 한없이 약하니.

이곳 천화루만 봐도 천화 급이나 천향 급에 오른 초특급 미녀들은 그 미모보다도 마음 씀씀이로 다들 그 자리에 올랐으니.

희사가 그런 생각을 하며 멍하니 서 있을 때, 묵자후의 음성이 들려왔다.

"생각보다 많군. 철혈의 법을 따르기로 한 방파가……."

희사는 얼른 대답했다.

"보면 아시겠지만, 예상보다 유명무실한 방파도 많사옵니다. 이십 년 가까이 정파천하가 계속되었기에 다들 지리멸렬하거나 사분오열하여 예전의 세력을 전혀 유지하지 못하고 있지요."

옳은 말이다.

정사대전까지 따지면 무려 사십 년이 흘렀으니 이 중에 남아 있는 문파가 과연 몇이나 될까?

그런 생각을 눈치 챘는지 묵자후가 한쪽 옆에 밀쳐 둔 두루마리를 가리키며 희사가 말했다.

"지금 지존께서 읽고 계시는 명부록은 철마성이 무너지고 난 십여 년 뒤의 것이고, 가장 최근의 명부록은 저기… 금색으로 된 두루마리이옵니다. 최근 것부터 보시면 전체 흐름을 파악하기 힘드실까 봐 일부러 옛 명부록을 위로 올려두었습니다."

과연 지혜로운 여인이다.

묵자후는 고맙다는 눈빛으로 고개를 끄덕였다. 그러다 무심코 보게 된 글귀.

"음? 여기 신품귀수 냉 로(冷老)의 이름도 있군."

묵자후가 반가운 표정을 짓자 희사가 시를 읊듯 말했다.

"신품귀수 냉희궁. 천외독심가 출신으로, 조법(爪法)이 절정에 이른 고수지요. 마도 서열 백칠위. 현재 서안 밀밀로(密密路)에 거주하고 있지요. 혹시 아시는 분이신지요?"

묵자후는 놀란 눈으로 그녀를 바라봤다.

"설마… 이 많은 사람들의 기록을 다 외우고 계시오?"

"예. 그게 제 소임이기에……."

묵자후는 기가 막혀 잠시 말문을 잃어버렸다.

자기 자신도 천금마옥 마인들에게 총명하다는 소리를 귀가 닳도록 들어왔지만, 이렇게 두툼한 두루마리에 이렇게 작은 글씨로 촘촘하게 쓰인 기록을, 그것도 여기 있는 수백 개의 두루마리조차 전체의 일 할밖에 되지 않는다고 해놓고, 그 많은 기록을 모두 다 외우고 있었단 말인가?

도저히 사람 같지 않은 기억력이었다.


그날 밤.

묵자후는 냉희궁과 독심객들을 불렀다.

희사가 소개시켜 달라고 했기 때문이었다.

원래는 마등령주가 지존을 제외한 다른 사람을 만나는 일은 금지되어 있었다. 왜냐하면 마등령주의 정체가 발각되면 마도 전체가 생사의 기로에 놓이기 때문이었다.

하지만 냉회궁과 독심객은 묵자후가 강호에 나와서 처음으로 만난 수하들.

당연히 회사는 그들에게 잘 보이고 싶었다.

이른바 우회 작전.

묵자후의 마음을 얻기 위해 먼저 그의 주변 사람들 마음부터 얻으려는 판단이었다.

그 판단은 매우 좋은 반응을 불러일으켰다.

마등령주인 회사야 옛 마인들이 어디 있는지 다 아니 상관없었지만, 냉회궁을 비롯한 독심객들은 마치 절해고도에 갇혀 있는 것처럼 고통스런 세월을 보내고 있었다.

그도 그럴 것이, 옛 동지들이 어디 있는지 모르니, 시간이 갈수록 강호에는 더 이상 옛 동지들이 없는 모양이구나, 우리만 살아남은 모양이구나 하는 외로움과 절망에 사로잡힌 때문이었다. 그런데 묵자후를 만나 새로운 희망을 꿈꾸게 됐고, 또 천화루에서 흑백무상을 만나게 되니 더없이 반가웠던 것이다.

게다가, 이미 얼굴에 검버섯이 피기 시작하는 나이에 강호최고의 주루라는 천화루에서 파릇파릇한 기녀들과 술자리를 가지게 됐으니 그 얼마나 기쁘고 행복한 시간이었으랴.

때문에 냉회궁을 비롯한 독심객들은 마치 회사를 안주인 모시듯 떠받들기 시작했다.

그런 대우를 받으면서 회사는 매우 기분이 좋았지만 묵자후가 어떻게 받아들일지 몰라 걱정스러웠다. 그런데 이미 두 낭랑과 한 이야기가 있어서인지, 아니면 별 신경을 쓰지 않는지 크게 제지하거나 나무라지 않았다. 그 바람에 스무 명밖에 안 되는 냉희궁과 독심객들이었지만 그들에게 비공식적으로나마 안주인 대우를 받게 된 것이다.

그렇게 독심객들로부터 나름대로 인정을 받은 회사는 기쁜 마음에 그들과 머리를 맞대고 한 가지 계획을 도모했다.

기련산에서 거행될 마도 대회합과 지존 즉위식에서 묵자후를 보다 위엄있고 화려하게 등장시킬 계획을 꾸미는 것이다.

그들이 머리를 맞대고 열심히 속닥거리고 있을 때, 묵자후가 회사에게 하나의 심부름을 맡겼다.

"부탁이 하나 있는데, 이 약을 남해에 좀 보내주시오."

"남해에요?"

"그렇소."

"남해 어디로 보내면 되는 건지요? 그리고 무슨 약인지 여쭈어봐도 되겠는지요?"

묵자후가 빙긋 웃으며 대답했다.

"남해 천산군도에 있는 흑경방으로 보내면 되오. 그리고 그 약은 삼 개월에 한 번씩 먹지 않으면 심장이 터져 버리거나 열흘에 한 번씩 먹지 않으면 개미 떼가 온몸을 갉아먹는 듯한 발작이 일어나는데, 그걸 막는 약이라오."

"아! 지존께서는 단약 제조에도 일가견이 있으신 모양이군요."

회사가 감탄하며 약을 받아 들자 묵자후는 또 한 번 웃어 보였다.

"단약 제조에 일가견이 있어서 만든 게 아니라 워낙 만들기 쉬운 약이라서 생각난 김에 만들어본 것이오."

"만들기 쉬운 약이라구요?"

"그렇소. 염소 똥을 주우면 바로 그 약이 되오."

"예에? 그런데 왜 금박을 씌우셨는지……?"

"그래야 녀석들이 해약으로 알 테니까. 푸하하하하."

모처럼 활짝 웃는 묵자후.

회사는 무슨 소린지 몰라 제 손에 쥐여진 염소 똥과 묵자후의 폭소를 번갈아가며 쳐다봤다.

제40장

움직임

魔道
天下

바람 잘 날 없는 강호.

한동안 조용하더니 갑자기 광풍 같은 소문이 떠돌았다.


—천화신검 장무욱이 도마에게 당했다! 그리고 강시로 추정되는 괴인들이 진령산맥을 불바다로 만들어 버렸다!


그 소문이 과장되고 포장되어 강호를 들끓게 만들었다.

정파인들은 경악했다.

천화신검 장무욱이 누군가.

뇌존의 대제자라는 신분을 떠나 벌써 십 년 가까이 흑마련

퇴치에 앞장섰던 백의전 전주가 아니던가!

그런 정파의 영웅이 일개 마인에게 치욕적인 패배를 당했다니. 도저히 믿어지지가 않았다.

강시에 대한 소문은 더더욱 충격적이라 아예 믿고 싶지도 않았다.

강호가 시작된 이래, 천하를 도탄에 빠뜨렸던 마인들은 무척 많았다. 그러나 그들이 행한 모든 패악보다 더 무서운 게 바로 강시들이 벌이는 일방적인 학살이었다.

이성도 감정도 없는 강시들.

칼로 내려쳐도 죽지 않고 창으로 찔러도 죽지 않는 괴물들.

그들이 벌이는 참극은 언제나 주검과 공포를 동반했다.

강호인이고 백성이고 가리지 않는 피의 행진.

정파인들은 차라리 천화신검 장무욱이 패배했다는 말은 믿을지언정 강시들이 나타났다는 말은 절대 믿고 싶지 않았다.

그러나! 그보다 더 무서운 소문이 소리 없이 퍼져 가고 있었다.


─드디어 중원제일루에 마등이 타올랐다!


마도인들 사이에 소리없이 번져 가는 소문.

반응은 다양했다.

심장에 화살을 맞은 듯 몸을 떠는 사람도 있었고, 돌아가신 부모님이 되살아온 듯 감격에 떠는 사람도 있었다.

그러나 일부는 뉘 집 개가 짖느냐는 듯 코웃음을 치거나 탐욕에 젖은 눈으로 침을 꿀꺽 삼키는 사람도 있었다.

"근 이십 몇 년 만에 마등이 올랐다고? 흐흐흐, 어떤 놈이 그런 위험한 물건을 가져왔지?"

"그러게 말입니다. 세상에는 제사보다 젯밥에 더 관심을 가지는 사람이 많은데, 어떤 놈인지 세상물정을 전혀 모르는 풋내기로군요. 크흐흐."

"그렇게 말하는 걸 보니 아우도 마찬가진가? 제사보다 젯밥에 더 관심이 많은?"

"설마 형님도 저와 같은 생각을⋯⋯?"

"흐흐, 왜 아니겠나? 지존령만 손에 넣으면 천하가 내 품에 들어오는데."

"이런! 형님이 나서신다면 소제가 양보할 수밖에 없겠군요."

"왜? 그러다 나중에 내 뒤통수를 치려고?"

"크흐흐, 우리 사이에 그 무슨 살벌한 말씀을."

"이봐, 혈비도(血肥刀) 괴랑(壞狼). 눙치지 말고 똑똑히 기억해 둬! 나 사검(邪劍) 막청(漠請)은 그 누구도 믿지 않아. 설사 그가 내 의형제인 흑월방(黑月幇) 방주라고 해도 내 밥그릇에 손을 대면 그날로 개 먹이로 던져 주고 말 거야."

"어련하시겠습니까. 천하의 잔혹방(殘酷幫) 방주가 누굴 믿는다고 하면 그 사람은 정신 나간 놈이거나 사검 막청이 어떤 사람인지 전혀 모르는 사람이지요. 크흐흐."

"그건 그렇고, 반목륵(反目勒) 그놈 움직임은 어때?"

"글쎄요. 모르긴 몰라도 그놈은 우리보다 더 눈이 벌게서 설칠걸요? 배신이라면 밥 먹듯 하는 놈이니 아마 귀귀마녀(鬼鬼魔女)를 이용해 뭔가를 획책하려 할 것입니다."

"귀귀마녀라… 흐흐. 그 요녀, 반목륵이 던져 주는 떡고물을 얻어먹으려고 가랑이 벌려주다가 이번엔 톡톡히 뒤통수를 얻어맞겠군."

"그렇겠죠. 하지만 그 요녀의 세력도 만만찮으니 함부로 벗겨 먹으려다간 뒤탈이 날 겁니다."

"아무튼 흥미진진하게 됐군. 우리 사대흉인(四大凶人) 중 과연 누가 지존령을 손에 넣을지 말이야."

"크흐흐, 저는 빼달라니까요."

두 사람의 대화에서 보듯, 강북 사대흉인뿐만 아니라 조금이라도 세력을 가진 방파의 수괴들은 저마다 지존령에 침을 흘리고 있었다.

왜냐?

지존령만 손에 넣으면 전 마도를 호령할 수 있는 무한한 권능이 주어지니.

힘만 있으면 누구라도 지존령을 탈취할 수 있다고 생각하는 것.

그게 강자존의 법칙, 철혈의 법이 낳은 몇 안 되는 부작용 중 가장 큰 문제점이었다.

*　　　*　　　*

영웅성 내에서 가장 화려한 곳, 군림전(君臨殿) 만승각(萬乘閣).

인공 가산과 연못을 낀 그림 같은 누각 최상층 노대(露臺:발코니)에 두 사람이 서 있었다.

하얀 머리카락에 불꽃같은 눈을 가진 노인과 신선 같은 풍모에 약간 마른 듯한 초로인.

그중 불꽃같은 눈을 가진 노인이 말했다.

"어젯밤, 그 아이가 누굴 데려왔다고?"

신선 같은 초로인이 허리를 깊숙이 숙이며 대답했다.

"흑오라는 아이입니다. 천금마옥 노마들의 후인과 관련이 있어 보이는 아이지요."

"음⋯⋯."

불꽃같은 눈을 지닌 노인이 잠시 침묵을 지키다가 느릿한 목소리로 말했다.

"자네는 어찌 생각하는가? 천금마옥 노마들의 후인이라는⋯ 환마이자 전왕이고 또 도마라 불리는 젊은 친구. 그가

움직임 275

정말 천금마옥에서 살아난 친구일까?"

불꽃같은 눈을 지닌 노인, 뇌존 탁군명의 말에 신선 같은 풍모의 초로인, 고왕(鼓王) 종리협(鐘離俠)이 회의적인 표정을 지었다.

"글쎄요. 속단할 순 없지만, 검웅 이시백도 벗어나지 못한 대폭발을 어찌 그 친구가 견뎌낼 수 있었겠습니까?"

"음……. 그건 그렇지만… 그 친구가 십대마공을 능수능란하게 쓴다고 하니 어쩌면 천행으로 천금마옥에서 벗어났을 수도 있다고 생각되는군."

"그러면… 성주님께서는 그 친구가 과거, 곽 봉공이 말했던 그 어린 녀석일 수도 있다는 말씀이십니까?"

"불가능할 것도 없지. 세상에는 도저히 이해할 수 없는 불가사의한 일이 많이 벌어지지 않는가?"

"그건 그렇습니다만……. 정말 그 친구가 그곳에서 살아나왔다면, 음……. 마인들의 움직임이 심상치 않은 것도 그 친구 때문일 수도 있겠군요."

"그렇다네. 그 친구가 지존령을 가졌을 가능성까지 염두에 두어야겠지."

"하면……?"

"자잘한 놈들은 무욱이에게 처리하라고 이르고, 흑오라는 아이는 둘째에게 맡기도록 하게."

"둘째라면, 운룡검(雲龍劍) 유소기, 유 공자를 말씀하시는 겁니까?"

"그렇다네."

"그건 좀… 너무 심한 도박이 아닐는지요?"

순간, 뇌존 탁군명이 빙글 돌아서며 묘한 눈빛으로 말했다.

"이 기회에 꿩도 잡고 매도 잡아볼 생각이라네. 더하여 그 아이의 진면목도 좀 확인해 보고 싶고."

"…알겠습니다. 하면 그렇게 조치를 취하도록 하겠습니다."

고왕 종리협의 말에 천천히 돌아서던 뇌존은 문득 생각났다는 듯 다시 등을 돌리며 말했다.

"아참, 자네가 보기에 검후란 아이는 어떻던가?"

종리협은 곤혹스런 표정을 잠시 대답을 망설였다.

"글쎄요……. 그것이 참 애매하더군요. 석년의 검후에 비해 그리 뒤떨어지지 않는 것 같긴 한데 공력이 많이 부족해 보이고, 그러면서도 정체를 알 수 없는 기운이 흐르고 있어 뭐라고 판단을 내리기가 쉽지 않을 것 같습니다."

"그래? 자네가 파악하기 곤란하다니 그나마 다행이군. 어찌 됐든 검후라면 남들이 파악할 수 없는 뭔가를 하나쯤은 가지고 있어야 활용하기 좋으니."

"하오면, 그 아이와 면담 계획이라도……?"

"아니, 됐네. 거기까지는 마음 쓸 여력이 없네."

"알겠습니다. 그럼 분부대로……."

그 말과 함께 종리협이 물러나려는 순간, 뇌존이 한마디 더 덧붙였다.

"황실에서는… 그때 이후로 더 이상 소식이 없던가?"

종리협은 이전보다 더 곤혹스런 표정으로 말했다.

"…예."

뇌존은 천천히 고개를 돌려 먼 하늘을 바라보다가, 무심한 표정으로 가볍게 손짓을 했다.

"가서 일 보시게."

"예……."

고왕이 물러나고 얼마 지나지 않아 인공 가산 한 귀퉁이가 쩌저적 소리를 내며 무너져 내렸다.

마치 면도날에 베인 것처럼 매끈하게 잘린 단면에서는 한동안 푸른 연기가 뭉클거렸다.


무창 북동쪽 분지.

동호의 풍광이 눈 아래로 보이는 삼층 전각 안에 한 소녀가 죽은 듯이 누워 있었다.

까무잡잡한 피부에 상처투성이 얼굴.

흑오였다.

진령산맥에서 사악도인과 밀밀승 등에게 붙잡힐 뻔하다가 광마와 은혜연의 도움으로 겨우 위기를 넘긴 그녀가 엉뚱하게도 이곳 영웅성 귀빈실에 누워 있었다.

사연인즉슨, 강호에서 아는 곳이라곤 전혀 없는 은혜연.

흑오를 구하고 난 뒤 그녀의 상처를 보고 고민하다가 어쩔 수 없이 이곳으로 데려온 것이었다. 비록 남들은 흑오를 요마라고 수군거리지만, 은혜연은 그렇게 믿지 않고 있었다. 때문에 만약 영웅성 사람들을 비롯한 그 누구라도 흑오를 괴롭힌다거나 요마겁에 대해 추궁한다면 자기가 방패막이가 되어 그녀를 지켜줄 작정이었다. 그런데 다행히도 흑오를 데려온 일에 대해 시비를 거는 사람은 아무도 없었다. 정수 사태가 주변에 이야기를 잘 해줘서 그런지 치료도 받을 수 있었고 아무 간섭도 받지 않았다.

하지만 흑오는 벌써 사흘째 정신을 잘 못 차리고 있었다.

은혜연은 초조한 기색으로 흑오의 이마를 만져 보다가 이 방에 배정된 시녀에게 고개를 돌리며 물어봤다.

"점심때도 약을 먹였나요? 잘 먹던가요?"

걱정스러운 듯 묻는 은혜연의 질문에 시녀가 고개를 끄덕였다.

"네. 점심때도 드렸어요. 그러나 잘 드시지는 못하더군요. 반 이상 남기셨어요."

그 말과 함께 제 할 일을 마쳤는지 휙 돌아서는 시녀.

"잠깐만요!"

은혜연이 그녀를 불러 세웠다.

"정말 약을 먹인 거 맞아요? 내가 줄 땐 한 모금도 안 남기고 다 마시던데?"

그 말에 시녀가 표시나지 않게 인상을 썼다.

"분명히 드렸어요. 입술에 갖다 대고 마시게 했는데도 반 이상 흘려 버리는 걸 저보고 어쩌라구요?"

골이 난 듯 딱딱한 표정으로 대꾸하는 시녀.

"휴, 알겠어요. 나가서 일 보세요."

은혜연은 한숨을 쉬며 손짓으로 시녀를 내보냈다. 그리고 스스로를 자책했다.

'역시 자리를 비우는 게 아니었어……'

사흘 내내 붙어 있다가 잠시 자리를 비웠더니 이런 일이 벌어지고 만다.

'의원께서 때맞춰 한 그릇씩, 꼭 다 마시게 해야 차도가 있을 거라고 하셨는데……;

은혜연은 다시 한숨을 쉬며 흑오의 이마를 만져 봤다.

그때 역한 술 냄새와 함께 누군가가 방으로 들어왔다.

허리에 세 개의 술 호로를 찬 중년인.

얼마 전에 묵자후의 정체를 정확하게 짐작한 개방 장로, 적 면주개 봉달평이었다.

은혜연에게 허락도 받지 않고 뱃심 좋게 방으로 들어온 그는 좌우를 둘러보며 너스레를 떨었다.

"어이쿠! 정수 사태께선 어디 가시고 검후 혼자 계시는군."

그 말에 은혜연은 자리에서 일어서다 말고 살짝 얼굴을 붉혔다.

적면주개뿐만 아니라 영웅성에 있는 모든 사람들이 자신을 볼 때마다 검후, 검후 해대니 민망스러워 견딜 수가 없었다. 정수 사태 볼 면목도 없거니와, 사부께서는 아직 검후를 지명하지 않으셨다고 생각한 때문이었다.

은혜연이 판단하기로, 사부께서 자기에게 천수여의검을 주신 이유는, 그저 허약한 제자, 몸 보호할 방편으로 삼으라고 주신 것일 뿐, 다른 이유는 전혀 없다고 생각했다.

그런데도 사람들이 계속 검후라고 부르고 그런 사람들을 보며 정수 사태가 빙긋 웃기만 하니, 만나는 사람마다 일일이 소매를 붙잡고 '그게 아니라 사실은 여차저차해서 이차저차하게 됐다' 라고 설명할 수도 없는 노릇.

결국 처음에는 조금 우쭐한 기분이 들었을지는 몰라도 시간이 갈수록 검후라는 호칭이 점점 부담스러워지는 은혜연이었다.

"저기… 무슨 일로 오셨는지요? 사자께서는 지금 회의에 참석 중이신데……."

은혜연이 조금 꺼리는 듯한 표정으로 말했다.

평소 같으면 예의를 갖춰 자리부터 권했겠지만 저 사람은 왠지 마음에 들지 않았다. 예전에 회의석상에서 묵자후를 나쁜 사람으로 몰아붙였기에 까닭 모를 선입견이 생긴 것이다.

더구나 지금 자기 침상에는 흑오가 누워 있다. 그러니 그가 또 무슨 소리를 할지 몰라 몸으로 흑오를 가리며 짐짓 인상을 썼다. 나름대로의 축객령이었으나 이런 무례한 사람을 봤나?

양해도 구하지 않고 성큼성큼 걸어와 의자에 털썩 주저앉더니 술 호로를 꺼내 벌컥벌컥 들이마시기 시작한다.

그 행패 아닌 행패를 보고 아연실색하고 있는데, 그가 꺼억 하는 트림을 내뱉으며 중얼거린다.

"검후께서 아실는지 모르겠지만, 지금 강호에는 두 가지 소문이 떠돌고 있소이다. 하나는 도마에 관한 이야기고, 다른 하나는 강시에 대한 이야기라오."

역한 술 냄새와 함께 들려오는 그에 관한 이야기. 흑오에 관한 이야기.

더 이상 듣고 싶지가 않아 은혜연은 그를 내쫓으려 했다.

하지만 그가 먼저 자리에서 일어나더니 술 호로를 허리에 차며 말했다.

"듣자 하니 흑마련의 마승, 광마라는 자가 저 아이 뒤를 따라왔다고 하더군요. 또한 강시들이 그 마승 뒤를 쫓아왔고……. 속사정은 모르겠지만, 저번에도 말씀드렸다시피 도마는 전왕이고 전왕은 곧 환마외다. 이번에 천화신검께서 중상을 당하시면서 그의 무공에 대한 확인을 해주셨소이다. 그런데……."

길게 말꼬리를 늘이면서 적면주개가 갑자기 은혜연의 눈을 쳐다봤다.

"검후께서는 계속 두 사람을 옹호하시는 것 같더군요. 물론 사람마다 입장이 다르기에 그러실 수도 있다고 생각하지만… 대대로 검후는 정파의 자존심이자 희망이었소. 저 아이를 돌보더라도 그런 사실을 잊지 말아주시면 고맙겠소이다."

그 말과 함께 뒤돌아서는 적면주개. 방문 앞에서 잠깐 걸음을 멈추더니 등을 돌린 채로 말했다.

"듣자 하니 그가 서안에서 종적을 감췄다더군요. 그리고 그때부터 일부 세력들이 들썩이기 시작하더니 몇몇 흑도 방파를 중심으로 감숙 방면으로 이동하기 시작했다더군요. 혹시 믿기지 않는다면 직접 확인해 보서도 좋소이다."

"흑……."

적면주개가 떠난 뒤 은혜연은 얼굴을 감싸 쥐었다.

설마 설마 했는데 정말 그가 마인이었단 말인가?

그렇다면, 그가 정말 대마인이라면 나는 뭘 어떻게 해야 하지?

두 손으로 얼굴을 가린 은혜연에게서 숨죽인 흐느낌이 새어 나왔다.

그 울음소리를 들으며 정수 사태는 긴 한숨을 내쉬었다.

정수 사태 옆에는 잔뜩 찌푸린 얼굴로 술을 마시는 적면주개가 서 있었다.

그들 뒤에는 영웅성의 대장로, 고왕 종리협이 멀리서 운룡검 유소기와 함께 팔짱을 끼고 서 있었다.

고왕 종리협과 우연히 눈이 마주친 적면주개는 또 한 번 인상을 찌푸리며 벌컥벌컥 술을 마시기 시작했다.

　흑오는 그때까지도 죽은 듯 누워 있었는데, 언젠가부터, 정확히는 적면주개 봉달평이 나간 직후부터 파르르 눈꺼풀을 떨기 시작했다.


　그날 밤.

　구름이 달빛을 가릴 무렵, 겨울을 재촉하는 비가 왔다.

　쏴아아…….

　구슬프게 내리는 비.

　점점 굵어지다가 마침내 천둥번개를 동반하기 시작했다.

　우르르르, 콰콰쾅!

　쏴아아아아!

　들썩이는 창문. 쏟아지는 빗줄기.

　한순간, 번개가 작렬하고 숨 막힌 어둠이 이어질 때,

　콰르르르르릉!

　먹먹한 천둥소리와 함께 흑오가 번쩍 눈을 떴다. 뒤이어 그녀의 이마에서 또 하나의 눈이 나타나고, 작은 목울림 소리가 흘러나왔다.

　"크르르(나를 꺼내줘)!"

　누구에게 보내는 신호일까?

　그 목소리만 흘리고 다시 눈을 감는 흑오.

빗줄기는 계속 거세어지고 이젠 바람마저 휘몰아친다.

덜컹, 덜컹!

뇌성벽력이 요란한 소리를 내며 다시 창문을 흔들 때,

쓰윽!

거대한 손이 나타나 창문을 열어젖혔고, 흑오의 몸이 두둥실 떠올라 창밖으로 날아갔다.

'하아……. 결국…….'

은혜연이 한숨을 쉬며 자리에서 일어나려 할 때,

'따라오지 마! 난 그에게 따질 게 있지만 당신은 아무것도 따질 게 없어!'

바짝 곤두선 흑오의 염파가 들려왔다.

은혜연은 자기도 모르게 눈썹을 치뜨다 이내 어깨를 늘어뜨리며 얼굴을 감싸 쥐고 말았다.

'그래. 그와 난 말 몇 마디 나눠본 것밖에 없어. 그런데 내가 어떻게 그를 찾아 나서? 가서 무슨 말을 할 수 있다고…….'

속으로 울음을 삼키다 이불을 푹 뒤집어쓰고 마는 은혜연.

그 바람에 보지 못했다.

천둥번개가 내려치는 어두운 밤하늘.

쏟아지는 빗줄기를 헤치며 흑오를 뒤를 쫓는 수백 명의 신형을. 비밀리에 성주의 특명을 수행한다는 죽음의 손길, 추혼사신대(追魂死神隊)를…….

다음날 아침.

구대문파 원로들이 한자리에 모였다.

그들은 적면주개가 나눠 준 정보 보고서를 보고 저마다 인상을 굳혔다.

"이 내용이 모두 사실이란 말이오?"

소요선옹이 심각한 목소리로 물었다.

"그렇습니다. 며칠 전, 검후께서 흑오라는 아이를 데려오셨을 때 제자들을 풀어 확인했습니다."

"으으음……. 그렇다면 더 이상 미적거릴 필요가 없지! 그놈이 십대마공을 익혔고, 천금마옥 노물들의 후인임이 확실시 된다면 강호의 미래를 위해서라도 후환을 제거해야지."

공동파 현오 진인이 카랑카랑한 목소리로 말했다.

"그런데 보타암에서는 어떻게?"

무당파 장로 정석 도장(庭石道長)이 물었다.

그러자 맞은편에 앉아 있던 정수 사태가 다소 싸늘하게 느껴지는 목소리로 말했다.

"빈니 역시 합류할 것입니다. 십대마공을 익힌 자는 본 문과 철천지원수. 사숙께서 그 마공에 목숨을 잃으셨고 사부님 역시 그 마공 때문에 고생하고 계시니 제자 된 도리로 마땅히 참여함이 옳을 것 같습니다. 해서 어젯밤에 사부님께 서찰을 띄워놓았습니다."

"그럼 검후께서도?"

그 물음에는 한동안 대답을 망설이는 정수 사태.

좌중의 시선이 자기 입술만 주시하고 있자 마침내 긴 한숨을 내쉬며 말했다.

"죄송하지만 그 아이는 참여하지 못할 것 같습니다. 사부님께서 천금같이 아끼는 제자인데다… 그 아이의 생이 얼마 남지 않았습니다. 앞으로 이삼 년 후면 부처님 품에 안길 아이. 굳이 세상의 질고를 안겨주고 싶지 않습니다. 여러 동도님들께서 해량하여 주시길. 나무 관세음보살, 나무 관자재보살……."

그녀의 입에서 탄식 같은 불호가 나오자, 모두 도호를 외거나 불호를 외우며 한숨을 내쉬었다. 그리고 아쉽다는 표정으로 이런저런 이야기를 건네다가, 대신 자기 제자들을 내보내겠다며 결의를 다졌다. 그 모든 이야기를 들으며 적면주개는 계속 술을 마셨다. 벌컥, 벌컥……

그날 오후.

묵자후와 격돌한 이래 보름 가까이 내상 치료에 주력하고 있던 천화신검 장무욱에게 한 장의 밀지(密旨)가 전해졌다.

흑마련 비밀 분타, 이상 움직임을 보이고 있음.

흑도 문파들 역시 강북 사대방파를 중심으로 이상 동향을 보이고 있음.

양쪽 목적지 일치. 기련산으로 추정.

백의전 전 인원, 출동 대기 시킬 것.

목표는 흑마련과 흑도 문파, 그리고 도마이자 전왕, 환마인 묵자후.

선봉은 구대문파가 설 예정.

백의전은 반드시 후방에서만 움직일 것.

만약을 대비해 도왕(刀王)의 조력을 받을 것.


밀지를 읽고 난 뒤 장무욱은 눈썹을 꿈틀거렸다.

'그 녀석과 다시 부딪쳐 볼 수 있는 기횐데 후방에서만 움직이라니. 거기다 하필이면 도왕 어르신의 조력을 받으라니……'

왠지 자존심이 상했다.

자신에게 처절한 패배를 안긴 묵자후.

그와 다시 자웅을 겨뤄보고 싶었는데, 구대문파를 방패막이로 세우고 후방을 지키라고 명하시다니.

거기다 본 성의 집법(執法)을 책임지고 있는 명황각(冥黃閣) 각주, 도왕(刀王) 북리곤(北里坤)의 협조를 받으라니.

'후후, 내가 그만큼 미덥지 못하다는 말씀이신가?'

하긴 그럴 만하다는 생각도 든다.

종남파 고수들과 힘을 합쳤어도 그 녀석에게 박살나고 말았으니.

'하지만 그때는 난데없는 괴물들과 싸우느라 심신이 지친 상태였다. 또한 백의전에서 가장 약한 비마당과 의혈당이었고…… 이번 작전처럼 전 인원을 동원한다면 구대문파 중 하나도 무너뜨릴 자신이 있다!'

그렇게 생각하다가 스스로에게 너무 비겁한 변명인 것 같아 장무욱은 주먹을 불끈 움켜쥐었다.

'아무튼, 이번에는 출발하기 전까지 최고의 몸 상태를 만들어놓자. 다시는 나 자신에게 구차한 변명을 늘어놓지 않도록……'

그러면서 다시 운기조식에 몰두하는 장무욱.

평생 처음 당한 패배에 무의식이 자극받았을까?

그의 뇌리 속에서 수많은 무공 초식들이 새로 정리되고 그동안 몰랐던 허점들이 보완되기 시작했다.

이미 예전에 초절정고수 반열에 든 천화신검 장무욱.

부상 치료 과정에서 마음으로 펼치는 무예의 경지에 급격히 발을 들이밀기 시작했다.


구대문파와 영웅성이 소리없이, 일사천리로 묵자후와 흑오에 대한 결정을 내리고 있을 때, 흑마련 역시 암중에서 부산하게 움직이고 있었다.

"대부인께서 긴급 특명을 내리셨소. 흑오, 회수 못해도 좋으니 무슨 방법을 써서라도 폐기! 광마, 호존십팔승에서 퇴출하고 발견 즉시 추살! 흑오를 거둔 정체불명의 사내, 추살!"

마치 사형선고를 내리는 듯한 밀밀승의 말에 호존십팔승, 그러나 묵자후에게 네 명이 죽고 한 명이 백치가 되고, 광마에게 한 명 죽는 바람에 이제 열두 명밖에 남지 않은 호존승들은 저마다 안색을 딱딱하게 굳혔다.

"그 아이를 폐기한다는 말은 대공자님의 성취를 뒤로 미루시겠다는 말씀인데, 으음… 십 년 넘게 준비해 온 일을 그렇게 쉽게 포기해 버리실 이유가 있는지?"

흑암승과 광마승에 이어 마탑 내의 세 번째 강자인 흡혈승이 묻자, 밀밀승이 침중한 목소리로 대답했다.

"저도 그게 의아했지만 뭔가 대안이 있으시겠지요. 지금 상황에서 흑오 그 아이를 거두려면 우리 쪽의 희생이 너무 커지니…… 벌써 불사환혼강시(不死還魂殭屍)인 추혼백팔사자들이 그 아이를 따라 종적을 감춘 상황 아닙니까?"

"으음, 그건 그렇지만……."

흡혈승이 말꼬리를 흐리며 의자 깊숙이 몸을 묻었다.

보아하니 흑오도 흑오지만 사실은 같은 호존승인 광마에 대한 결정이 못마땅했으리라.

하지만 이미 명이 떨어진 상황이니 어쩌랴?

밀밀승은 안색을 가다듬으며 계속 명을 하달했다.

"추가로 내리신 명은, 흑마련과 마탑의 모든 인력을 동원해 추혼백팔사자를 귀환시킬 것. 이에 대해서는 천마안(天魔眼)의 보고가 첨부되어 있습니다. 그들이 감숙성 쪽으로 움직이고 있다고 합니다. 그리고 기이하게도 감숙성 쪽으로 정파 놈들과 흑도 방파들이 움직이고 있으니 충돌에 대비하라고 말씀하셨습니다."

"충돌에 대비하라 함은?"

"우리의 힘을 보여주라는 말씀입니다."

그 말에 호존승들이 깜짝 놀란 표정을 지었다.

"그렇게 되면 황도(皇都)에 문제가 생겼을 때 누가 대처한단 말이오?"

저주승의 물음에 밀밀승이 대답했다.

"사악도인이 천궁과 도사들을 모두 데리고 황도로 떠났소이다. 대신 그 제자분이 이쪽을 맡기로 했고. 추가로 염왕단(閻王團)을 보내주신답니다."

"염왕단까지?"

"그렇습니다. 이황야(二皇爺)와 당분간 손을 잡기로 하셨답니다."

"그렇군! 그래서 시간을 버셨던 거야."

호존승들이 그제야 안도한 표정을 지었다. 그때 두 눈을 잃고 폐인 신세가 된 환락승이 지나가듯 중얼거렸다.

"그런데 혹시 광마가 섬서에 나타날지도 모르겠군. 추혼백팔사자가 그를 쫓고 있었으니."

그 말에 장내의 분위기가 착 가라앉았다.

아무래도 같은 호존승끼리 손을 써야 하는 현실이 내키지 않았던 것이다.

"부디 광마, 그만은 오지 말아줬으면 좋겠군……."

누군가의 중얼거림이 모두의 심정을 대변하고 있었다.

*　　　　*　　　　*

"뭐라고? 나보고 미친놈 같다고?"

푸른 바다.

사방을 둘러봐도 시퍼런 물밖에 보이지 않는 바다 한가운데서 누군가의 고함 소리가 쩌렁쩌렁 울려 퍼졌다.

"아이고, 대형. 누가 대형더러 미친놈 같댔소? 우리 모두가 미친 짓거리를 하고 있는 것 같댔지."

또 다른 누군가가 뚱한 목소리로 대꾸했다.

"클클클. 이놈아, 그게 그 말이지 뭐냐? 네놈이 우리 모두라고 이야기하는 순간, 대형도 포함되어 버린단 말이다."

기괴한 목소리로 뚱한 목소리의 주인공에게 면박을 주는 사람.

그는 푸르뎅뎅한 안색에 얼굴 반이 흉하게 얽어 있는 일흔 살가량의 노인이었다.

쭉 찢어진 눈에 종잇장 같은 입술을 지닌 그는, 끔찍하게도 하체가 댕강 잘려 있었다. 그런데 해괴망측하게도 양팔이 없고 비대한 덩치의 노인 어깨 위에 올라앉아 있었다.

양팔이 없는 비대한 덩치의 노인.

그는 예순 살 중후반쯤 되어 보였다.

칠 척의 키에 피처럼 붉은 입술. 하늘을 향해 올라가다 반쯤 찌그러진 코. 거기다 새우처럼 작은 눈을 요리조리 굴리는 그는 다름 아닌 흡혈시마 사공두가 아닌가?

그렇다면 그의 어깨 위에 올라앉은 사람은 당연히 무풍수라 육지평일 것이고, 맨 처음 카랑카랑한 목소리로 분노성을 토한 은발은염의 외다리 노인은 틀림없는 음풍마제 모진악이리라.

천금마옥 대폭발 때 죽은 줄로만 알았던 세 사람이 뜻밖에도 시퍼렇게 살아 바다 한가운데에서 서로 옥신각신거리고 있었다.

"네 이놈! 다시 한 번 말해봐라. 내가 정녕 미친 늙은이처럼 보인단 말이냐?"

쩌렁쩌렁한 음풍마제의 호통에 은근한 살기마저 감돌자 흡혈시마는 화들짝 놀라 그와 시선을 마주치지 않으려고 급히 바닥으로 고개를 숙였다.

"어, 어, 어?"

그러자 그의 어깨 위에 앉은 무풍수라가 바닥으로 굴러떨어지지 않으려고 혀 짧은 목소리를 내며 흡혈시마의 몇 가닥

남지 않은 머리카락을 홀라당 잡아당겨 버렸다.

"으악! 형님! 지금 뭘 잡아 뜯으신 거요?"

그 바람에 놀라 급히 고개를 든 흡혈시마.

멋쩍게 웃는 무풍수라의 손가락 사이에 끼어 있는 하얀 머리카락 몇 개를 보고 거의 숨이 넘어갈 듯 비명을 질러댔다.

"끄아악! 그, 그, 그 머리카락은 내 목숨이나 마찬가진데, 어떻게 그걸 뽑을 수가? 으허허허헝! 물어내요, 물어내! 얼른 물어내란 말이야!"

마치 어린아이처럼 떼를 쓰며 뱃고물에 털썩 주저앉아 버리는 흡혈시마. 그러자 그의 어깨 위에 앉은 무풍수라의 몸무게까지 더해져 배가 한쪽으로 쑥 기울기 시작했다.

"저 돼지 같은 자식이 또 몸무게만 믿고 은근슬쩍 행패를 부려?"

음풍마제가 싸늘한 일갈을 토하며 장력을 내뿜으려 하자, 기겁한 흡혈시마가 경악으로 눈을 치뜨며 후다닥 기어 배 중앙으로 나왔다.

그러나 그를 기다리고 있는 것은 시퍼런 강기가 감도는 음풍마제의 양손.

흡혈시마는 나 죽었소 하는 표정으로 급히 바닥에 엎드렸다.

"어, 어, 어?"

결국 균형을 잃고 바닥에 이마를 찧은 사람은 엉뚱하게도 무풍수라.

그가 볼록 튀어나온 혹을 쓰다듬으며 한숨 쉬듯 말했다.

"아이고, 대형. 우리 이제 이 짓…… 그만둡시다."

뜬금없는 말이었지만 음풍마제는 그 말을 알아들은 모양이었다.

"오라! 보아하니 네놈들 간이 아주 배 밖으로 나왔구나! 이 바다를 뒤진 지 아직 이 년도 안 되는데 감히 그만두자 말자 그딴 소리를 해? 이 천하에 의리도 없는 쓰레기 같은 놈들아!"

고함을 지르며 두 사람을 노려보는 음풍마제의 눈에 시퍼런 불똥이 뚝뚝 떨어졌다.

두 사람은 음풍마제가 '의리'라는 말을 내뱉자 그만 할 말이 없어졌다.

그들이 대폭발에서도 멀쩡히 살아난 이유는 바로 대장로인 혈영노조의 희생이 있었기 때문이다.

검웅이 사력을 다해 입 안에 있던 화탄을 터뜨리고, 묵자후가 몸으로 그를 막으려 할 때, 눈부신 섬광이 번쩍이고 무시무시한 화염이 사방으로 번졌다. 그와 동시에 동굴 천장이 무너지고 뭔가 시뻘건 물체가 묵자후 앞을 가로막는 순간, 그들은 거센 후폭풍에 휘말려 일제히 허공으로 날아갔다.

이후 용암 동굴 전체가 무너지고, 거대한 괴수가 울부짖는 듯 땅거죽이 모두 뒤집어졌을 때, 그리고 천지를 뒤흔드는 폭발음과 함께 거대한 불기둥이 치솟고 천금마옥 전체가 터져나갈 때, 혈영노조가 돌아섰다.

"우우우우아아아아아아아!"

그때 그가 터뜨린 것은 분노였을까? 슬픔이었을까? 아니면 '후아야!' 라고 외치는 절규를 잘못 들은 것일까?

어쨌든 그는 무시무시한 화염을 일렁이며 둑 터진 홍수처럼 들이닥치는 불덩어리와 맞섰다.

그의 백발이 치솟고 깡마른 사지가 활짝 벌어지고, 쇠사슬이 박혀 있던 그의 비파골에서 시뻘건 피분수가 뿜어져 나왔다. 동시에 그의 전신에서 무시무시한 혈광이 뻗어 나와 거세게 들이닥치는 불덩어리를 밀어냈다.

그 한 번의 방어!

그 대가로 혈영노조는 하얀 재로 변해갔고 그들은 차가운 바닷물을 맞이할 수 있었다. 그러니 그의 희생이 아니었다면 세 사람은 대폭발에 휘말려 잿더미로 변하고 말았으리라.


"휴우……. 대형, 생각해 보니 과연 소제들이 배은망덕했습니다. 진노를 거두시지요."

두 사람이 백배사죄하며 이 년이란 시간이 흐른 지금, 천금마옥의 생존자들을 찾으려고 다시 바다를 뒤질 때였다.

"어? 저게 뭐요?"

흡혈시마가 먼바다 쪽을 바라보며 고개를 갸웃거렸다.

그 말에 음풍마제가 고개를 돌려보니 저 먼 수평선에 까만 점 하나가 보인다.

"고기잡이 밴가? 아무튼 일 년 만에 뭔가를 보기는 보는 군."

무풍수라가 그렇게 중얼거릴 만큼 넓고 광활한 바다다.

"엥? 고기잡이배는 아닌 것 같은데요? 배가 좀 커요. 그리고 뱃머리에 뭔가를 달고 있는데 너무 멀어서 잘 안 보이네요."

"그래, 너 잘났다, 이 자식아! 여기서 너보다 공력이 낮은 사람이 누가 있다고?"

무풍수라가 면박을 주며 뒤늦게 안력을 모았다.

"음? 이런! 내가 보자마자 뱃머리를 돌려 버리네. 제기랄! 오랜만에 사람 구경 좀 하나 싶었더니……."

"어쩔 수 없지. 저 배에 후아나 우리 아이들이 타고 있지 않은 이상 신경 쓸 필요 없어. 평소 하던 대로 주변이나 뒤져 봐."

음풍마제가 뱃고물 쪽으로 걸어가며 두 사람을 재촉했다.

그런데,

"어라? 다시 돌아오는데요?"

흡혈시마가 눈을 크게 뜨며 말했다.

그는 미련이 남은 듯 계속 먼바다 쪽만 주시했다.

그때부터 음풍마제도 먼바다를 주시하기 시작했다. 그리

고 까만 점이 점점 커져 콩알만 하게 변할 무렵, 음풍마제의
수염이 부르르 떨리기 시작했다.


넘실거리는 파도를 가르는 대형 범선.

그것도 팽팽한 돛을 펄럭이며 다가오는 세 척의 배 가운데
선두에 선 지휘선에는 커다란 글씨가 수놓인 두 개의 돛이 펄
럭이고 있다.

지휘선 선미 쪽에는 툭 튀어나온 광대뼈에 독사 같은 눈을
지닌 사십대의 중년인이 타고 있었다.

초조한 눈빛으로 연신 뒤를 돌아보는 그의 눈에는 은은한
공포가 어려 있었다.

"으드득, 귀신같은 놈들! 사흘을 꼬박 달리고 난 뒤에야 겨
우 떨쳐 낸 것 같군."

이를 갈며 중얼거리는 사내.

그는 묵자후가 평소 삐쩍 마른 고래라고 부르던 흑경만리
좌무기였다.

좌무기 옆에는 옛 백교단 단주, 백교천리 장천리와 옛 포뢰
방 방주, 포뢰백리 오백리가 서 있었는데, 비교적 멀쩡해 보
이는 좌무기에 비해 그들은 한쪽 눈에 깊은 상처를 입었거나
콧등이 움푹 찌그러져 있었다.

두 사람 중, 콧등이 움푹 찌그러진 포뢰백리 오백리가 메기
같은 입술을 씰룩이며 말했다.

"아직 안심하긴 이르오. 그 야차 같은 놈들이 절대 포기할 리 없으니."

그 말에 한쪽 눈에 깊은 상처를 입은 백교천리 장천리가 생쥐 같은 눈을 또르르 굴리며 말했다.

"옳은 말이야. 하필 왜 남해검문을 건드려서 이 고생인 지……."

장천리의 말끝에는 누군가를 향한 원망과 푸념이 배어 있었다. 그래선지 좌무기가 덥수룩하게 자란 수염을 씰룩이며 그를 노려봤다.

"뭐야? 너, 이 새끼. 지금 누굴 원망하는 거야? 강호 일통의 원대한 꿈을 안고 대륙으로 외유를 떠나신 총방주를 원망하는 거야, 아님 나를 원망하는 거야?"

좌무기의 격한 반응에 장천리가 찔끔했다.

"그… 딱히 누구를 원망하자는 게 아니라 상황이 너무 답답해서 하는 소리요. 벌써 사흘째 밥도 제대로 못 먹었지 않소?"

불퉁하니 대꾸하는 장천리.

예전에 비해 기가 많이 살아 있었다. 남해검문 생존자들, 정확히는 수련총 무인들에게 하도 쫓기다 보니 이제는 이판 사판이란 생각이 든 때문이었다.

그러나 아직까지는 개미 떼가 심장을 물어뜯는 듯한 고통이 두려워 드러내 놓고 반발하지 못하고 있는 중이기도 했다.

'그놈의 해약이 어디 있는지만 알면 당장에라도 엎어버리 겠는데……'

아마 그런 생각은 오백리 놈도 마찬가지리라.

솔직히 이렇게 쫓겨 다니느니 저 좌무기 놈을 남해검문 놈 들에게 넘겨줘 버리고, 열흘 동안만이라도 배불리 먹고 마시 며 생을 마감해 볼까 하는 생각이 하루에도 열두 번도 더 치 솟곤 했다.

그럴 때마다 애써 인내심을 발휘한 이유는 저놈들보다 더 지독한 놈이 바로 총방주인 묵자후였기 때문이다.

묵자후에게 백교단이 무너질 때 얼마나 섬뜩한 공포를 느 꼈던가?

'그때에 비하면 아직은 한숨 돌릴 여유가 있지.'

그런데 문제는 허기와 갈증이었다.

'미친 척하고 저 바닷물을 확 들이마셔 버려?'

그러면 혀와 식도가 갈라져 더 고통스럽다는 걸 알면서도 그런 생각을 할 만큼 허기와 갈증이 극심했다.

수련총 무인들에게 쫓기느라 밥 한 끼, 물 한 모금 제대로 먹지 못했으니.

'코딱지만 해도 좋으니 어디 조그만 섬이라도 나와줬으면 좋겠군. 풀이라도 뜯어 허기를 때우게……'

이미 배 안에는 식량이 떨어진 지 오래.

속도를 올리기 위해 최소한의 식량을 제외한 모든 물건을 바다에 던져 버린 때문이었다.

사실 그때까지만 해도 며칠만 도망 다니면 될 줄 알았다.

그런데 놈들이 어찌나 지독하던지 무려 보름을 쫓겨 다니게 됐다. 그러다 보니 식량은 떨어지고, 결국 이대로 가다가는 죽도 밥도 안 되겠다 싶어 놈들과 한판 붙게 됐다.

하지만 애꿎은 수하들만 잃고 또다시 사흘째 도망 다니고 있는 중이다. 그러니 장천리는 물론이고 저 선실 밑에서 땀을 뻘뻘 흘리며 노를 젓고 있는 해적들 모두 배가 고파 눈이 핑핑 돌아가실 지경이었다.

그래서 모두 한숨만 푹푹 내쉬고 있는데,

"배다! 저 앞에 배가 있다!"

망루에서 기쁨에 찬 고함 소리가 들려왔다.

"뭐? 배라고? 어디, 어디!"

장천리를 비롯한 해적들은 난간 위로 길게 목을 빼냈다.

이마에 손을 얹고 저 수평선 쪽을 바라보니 과연 배가 한 척 보였다.

"에게게? 겨우 한 척이잖아. 그것도 조막만 한 고깃배."

모두의 입에서 실망스런 목소리가 흘러나왔다.

하지만 이 가뭄에 고깃배가 어디냐?

"허여멀건 어죽을 끓여 먹어도 좋다! 저놈들을 털자!"

"나는 계집이라도 하나 타고 있었으면 좋겠어. 아랫도리가 사흘 전부터 당겨."

놈들은 부푼(?) 기대를 안고 힘차게 노를 저었다.

그런데 뭔가 분위기가 이상했다.

이쯤 되면 보통의 고깃배들은 달아나게 마련인데 저 배는 오히려 마주 나아오고 있지 않은가?

"에계계? 저게 뭐야? 웬 병신 같은 늙은이들만 있잖아?"

"고기도 없는 것 같아. 그물은커녕 낚싯대도 안 보여."

"이런 썅! 고기도 없고 여자도 없다면 저놈들 살가죽을 뜯어먹자구!"

"좋아! 그렇게라도 허기를 때우자!"

놈들은 기세등등하게 소리쳤다.

그리고 허기에 눈이 뒤집혔는지 좌무기부터 서열 십위까지 먼저 몸을 날리기 시작했다.

보통은 수하들을 먼저 보내게 마련인데 워낙 배가 고프다 보니 욕심이 동한 것이었다.

그리고 그들을 반긴 것은…… 흡혈시마와 무풍수라의 무시무시한 발길질과 주먹질이었다.

"마침 우리 대신 노 젓고 잠수해 줄 놈들이 그리웠는데 제 발로 걸어와 주는군. 클클클."

무풍수라가 으스스하게 웃으며 나머지 해적들을 쳐다봤다.

반면 음풍마제는 돛폭을 가득 채우고 있는 글씨를 보며 격렬히 눈을 떨었다.

"흑흑, 정말입니다요. 그분이 저희 총방주님이십니다요."

좌무기는 눈물 콧물을 짜며 애원했다.

마른하늘에 날벼락처럼 들이닥친 재앙.

늑대를 피하려다 호랑이를 만난다고, 자기들이 바로 그 짝이었다.

세 사람 다 불구(不具) 노인이라고 만만하게 뛰어들었다가 죽지도 살지도 못하는 고통을 겪게 됐으니 왜 안 그렇겠는가?

솔직히 좌무기는 고문이라면 스스로 일가견이 있다고 생각했다.

가끔 해적 생활을 못 견디고 도망가는 수하들을 잡아 족칠 때 수많은 고문 수법을 써봤기 때문이다.

그런데 이 늙은이들은 한술 더 떴다.

마치 염라부에서 자기들을 잡으려고 뛰쳐나온 형부사자(刑部使者)처럼 잔인하고 끔찍한 수법으로 자신과 수하들을 고문했다.

말로만 듣던 분근착골(分筋錯骨).

생각만 해도 몸서리쳐지는 소혼양맥(消魂瘁脈).

옆에서 보고만 있어도 가슴이 철렁한 단근참맥(斷筋斬脈).

뿐인가?

온몸에 구멍을 뚫고 소금과 쇳물을 집어넣는 염장치철(鹽藏治鐵)과 돛대에 거꾸로 매달아 손과 발에 쇠못을 박고, 거기다 콧구멍에 잿물을 집어넣는 비공입회수(鼻孔入灰水)까지.

그야말로 치가 떨리고 살이 떨리는 고문 수법을 인상 하나 찌푸리지 않고 자연스럽게 행하고 있었다.

그러다가 한 시진이나 지나서야 툭 내뱉듯 던지는 질문.

"저 돛폭에 쓰인 이름에 대해 아는 대로 설명해 봐."

순간, 좌무기는 할 수만 있다면 저 늙은이들을 잘근잘근 씹어 먹고 싶었다.

'으드득! 진작 좀 물어봐 주지, 악마 같은 늙은이들! 손맛 볼 거 다 보고 이제야 물어보다니, 흑흑흑……'

그나마 다행이라면 저 악마 같은 늙은이들이 자기들에게만 악마가 아니었다는 사실 정도?

보름 내내 자기들을 사냥하던 이리 떼 같은 놈들.

은푸른 무복의 수련총 무인들이 저 늙은이들의 가벼운 손짓 발짓에 뼈가 부러지고 심장이 뚫려 죽어갔다.

또한 겨우 살아남은 이들마저 자기들에게 베풀었던 고문보다 수십 배 더 지독한 고문을 받으며 하나하나 죽어갔다.

정말 피도 눈물도 없는, 악마보다 더 잔인하고 사악한 늙은이들이었다.

좌무기는 악마라는 단어보다 더 극악한 단어를 알지 못하는 자기 머리가 한스럽게 느껴지기는 평생 처음이었다.

그리고,

"그, 그, 그러니까 어르신들께서 총방주님의 사부님들이 된단 말씀이시죠?"

다음날이 되어서야 좌무기는 이 늙은이들이 왜 그토록 악랄한지 그 이유를 알 수 있었다.

'하긴 그 악마 같은 놈을 가르쳤을 정도니 이 늙은이들의 성질이 개차반인 게 이해가 돼! 결국 그 사부에 그 제자였군!'

속으로 이를 갈면서도 겉으로는 세 사람을 황제처럼 대접하는 좌무기.

사흘 동안 노를 저어 그리던 천산군도에 돌아갔다. 당연히 음풍마제 등을 극진히 모시며.

그런데 본거지에 도착하니 선녀 같은 여인들이 기다리고 있었다.

모두 묘령의 나이.

호위로 보이는 몇몇 초로인이 보였지만, 그녀들의 미태와 쭉쭉빵빵한 몸을 보고 해적들은 꼭지가 휙 돌아가 버렸다.

"흐흐흐. 한입에 털어 넣어도 비린내조차 나지 않겠구나, 요년들!"

특히 좌무기는 아랫도리를 불끈 세우며 그녀들을 손아귀에 넣으려고 했다.

그러나 칼도 뽑기 전에, 수하들에게 명령을 내리기도 전에 그는 그 자리에서 버쩍 얼어붙어야만 했다.

"호, 호, 혹시 장로님? 음풍마제 모(茅) 장로님 아니십니까?"

"호, 호법님! 무풍수라 호법님, 흡혈시마 호법님 맞으십니까? 세상에 이게, 이게 어찌 된 일입니까, 크흐흑!"

이런 제기랄!

알고 보니 선녀들을 호위하던 초로인들과 저 악마 같은 늙은이들이 서로 아는 사이였다.

더구나 그녀들의 손에 쥐어진 옥합.

"오오오! 해약! 이런 제기랄!"

그녀들에게 건네받은 해약이 반갑기도 하고 원망스럽기도 한 좌무기였다.

왜냐?

묵자후, 그 악마 같은 주군이 보낸 선녀들이니, 손가락 하나라도 잘못 건드리는 날에는 줄초상이 날 수도 있기 때문이다.

'그래도 그놈! 약속 하나는 칼같이 지키는군. 가만! 그러고 보니……?'

예전에 묵자후가 해준 약속이 기억난다.

'저 악마 같은 늙은이들이 그의 사부다. 그리고 저 악마 같은 늙은이들과 인사를 나누는 늙은이들도 그의 수하이거나 아는 사이 같다! 그렇다면?'

그가 약속한 남해의 제왕이 결코 꿈만은 아닐 것 같다!

그때부터 입이 귀에 걸리는 좌무기.

그러거나 말거나, 음풍마제 등은 독심객들에게 묵자후의

근황을 전해 듣고 눈물을 글썽였다.

"그래! 후아……! 우리 후아가 살아 있었구나!"

"그러면 그렇지. 그 녀석이 어떤 녀석인데, 어떻게 키운 녀석인데 감히 하늘이 탐을 내?"

"키잉… 형님들. 그러게 제가 뭐라고 그랬소? 그놈은 고래 심줄보다 더 질긴 목숨줄을 타고났다고 하지 않았소? 그때 다들 내 말을 믿지 않으셨지만, 보시오! 녀석이 두 눈 시퍼렇게 뜨고 강호를 활보하고 있다지 않소?"

세 사람은 저 먼 하늘, 묵자후가 머무르고 있는 천화루 쪽을 보며 저마다 눈시울을 붉혔다.

"자, 자! 이러고 있을 때가 아니오, 형님들! 그 녀석이 마등을 걸었다잖소? 어서 기련산으로 달려갑시다. 지금 날아가도 지각이란 말이오!"

흡혈시마가 가슴이 뛰는지 다급히 소리쳤다.

그제야 정신을 차린 두 사람.

서둘러 떠날 준비를 갖추기 시작했다.

그들의 대화를 들으며 좌무기는 심장이 쿵쿵 뛰었다.

'맙소사! 내가 봉을, 아니, 용을 잡았구나!'

바보가 아닌 다음에야 천하의 마도지존을 어찌 모르랴?

'이제 남해의 제왕은 따놓은 당상이다! 크하하하하!'

기련산으로 떠나는 음풍마제 등을 배웅하며 앙천대소를 터뜨리는 좌무기.

그는 기쁜 마음으로 묵자후가 준 약을 씹어 먹었다.

냄새는 고약했지만, 마도지존께서 하사한 약이니 무가지보(無價之寶)나 다름없으리라 확신하면서……

제41장

지존호

魔道
天下

감숙(甘肅).

장액(張掖)의 옛 이름인 감주(甘州)와, 주천(酒泉)의 옛 이름인 숙주(肅州)에서 앞 글자를 따와 감숙이라 불리게 된 성.

그곳은 하서주랑(河西走廊), 혹은 비단길이라 불리는 천산금로(天山錦路)의 출발점이자 종착지이다.

동쪽으로는 육반산맥(六盤山脈)이, 서쪽으로는 기련산맥(祁連山脈)이, 남쪽으로는 진령산맥이 가로막고 있어, 감숙은 예로부터 북쪽으로 난 길을 뚫을 수밖에 없었다.

좌우가 험악한 산맥이었기에 유일하게 이용할 수밖에 없었던 긴 사막 지대. 그곳을 옛 사람들은 황하 서쪽에 위치한,

북쪽을 향해 달리는 좁고 긴 복도라는 뜻으로 하서주랑이라 불렀다.

그러나 복도라고 부르기엔 너무나 넓고 광활한 그곳. 하지만 대륙 전체로 보면 호리병처럼 좁고 끝없는 사막으로 이어진 하서주랑은 전체적으로 황량하기 이를 데 없지만, 무려 천 장 이상 되는 기련산맥이 삼천여 개의 빙하와 오백여 리의 거대한 얼음 호수를 끌어안고, 그 녹아내린 물을 아래로 토해내 넓은 녹주(綠州:오아시스)를 형성하게 만들었다.

풍요로운 녹주의 근원, 기련산맥!

'기련' 이란 말은 몽골어로 '하늘' 이라는 뜻.

길이, 이백오십여 리. 너비, 육십여 리.

평균 해발이 무려 천팔백 장 이상이나 되는 기련산맥의 최고봉은 소륵남산(疏勒南山)의 단결봉(團結峯)이다.

단결봉!

하늘 향해 뻗은 산봉우리가 구름을 뚫고, 천신이 내리찍은 벼랑이 무저갱을 손짓한다.

벼랑과 벼랑 사이에 아찔하게 팬 계곡에서 음산한 바람이 씽씽 불어올 때, 눈 덮인 산 중턱에 수천 명의 그림자가 어른거렸다.

코끝을 얼게 만드는 칼바람이 두렵지도 않은지, 누군가를 기다리며 웅성거리고 있는 그들.

그들의 면면은 강호인들이 봤다면 하나같이 경악할 정도

로 대단했다.

유명마곡(幽冥魔谷)의 곡주, 마귀혈수(魔鬼血手) 음구유.

지저음부동(地底陰府洞)의 동주, 곡도(曲刀) 등확.

귀곡탑(鬼谷塔)의 탑주, 철면사신(鐵面死神) 담도.

사망교(死亡教)의 교주, 저주혈광(詛呪血狂) 마극타.

장미밀원(薔薇密園)의 원주, 장미부인(薔薇婦人) 심소혜.

빙마루(氷魔樓)의 루주, 빙정신모(氷晶神母) 냉아상.

적사묘(赤邪廟)의 묘주, 천사(天邪) 장기표.

밀막(密幕)의 막주, 혈검(血劍) 손계묵.

환영문(幻影門)의 문주, 능풍염라(凌風閻羅) 육구달.

흡혈마동(吸血魔闥)의 동주, 무음흡혈(無音吸血) 사공극.

광풍문(狂風門)의 문주, 쌍창(雙槍) 한극.

오독문(五毒門)의 문주, 구주간마(九州姦魔) 반목륵.

환요궁(幻妖宮)의 궁주, 귀귀마녀(鬼鬼魔女) 오추혜.

잔혹방(殘酷幇)의 방주. 사검(邪劍) 막청.

흑월방(黑月幇)의 방주, 혈비도(血肥刀) 괴랑……

그 외에도 무수한 흑도, 마도의 수장들과 홀로 강호를 주름
잡는 거마효웅들이 대거 눈에 띄었다.

가끔은 기루와 전장(錢莊), 흑점(黑點)이나 마방(馬幇)의 주
인들이 눈에 띄었고, 심심찮게 조방(漕幇)이나 염상(鹽商)의
우두머리들도 눈에 띄었다.

이 많은 사람들이 한자리에 모여 과연 누구를 기다리는 것

일까?

아직은 알 수 없는 일이었다.

그러나 동천에서 떠오른 태양이 중천에 다다를 무렵, 그리하여 찬바람을 녹이는 쨍한 햇살이 모두의 눈을 시리게 만들 때, 어디선가 은은한 비파 소리가 들려왔다. 뒤이어 바람결에 실려오는 노래.

*葡萄美酒夜光杯 欲飲琵琶馬上催*
*醉臥沙場君莫笑 古來征戰幾人回*


*맛나는 포도주에 야광배 술잔.*
*말 위에서 뜯는 비파, 잔 비우길 재촉하네.*
*취한 모래사장에 쓰러져 있어도 그대여 웃지를 말아주오.*
*예부터 싸움터에 나간 이, 몇이나 돌아왔던가…….** 

청아한 여인들의 노랫소리.

그 소리가 들리고 얼마 지나지 않아 산 정상에서 붉은 꽃가루가 휘날리고, 화려한 주악 속에 백 명의 시동과 백 명의 시녀, 백 명의 가마꾼과 백 명의 호위를 거느린 금빛 가마가 눈길을 가르며 내려왔다. 그리고 어느 지점에 이르러 가마 문이

---

* 당대(唐代) 시인, 왕한(王翰)의 양주사(凉州詞).

열리더니, 그 안에서 검은 비단 장포를 발목 부근까지 늘어뜨린 묵자후가 나타났다.

이마엔 옥색 띠를 두르고, 머리엔 작은 옥관자(玉貫子)로 살짝 상투를 틀어 긴 머리카락을 양어깨 위로 늘어뜨린 묵자후가 형형한 눈길로 좌우를 둘러봤다.

그러자 묵자후 뒤에 서 있던 흑백무상이 굉량한 목소리로 동시에 호통을 쳤다.

"다들 뭣들 하고 있는 게냐! 감히 지존을 뵙고도 불경을 저지를 참이냐? 십족(十族)을 멸하기 전에 어서 만마의 지존, 신마의 후예를 뵙는 예를 올리도록 하라!"

그 말과 함께 두 사람이 지존령을 내밀며 동시에 공력을 운행하자, 지존령에 새겨져 있던 아수라 형상에서 불꽃같은 광채가 폭사되었다.

그 광채가 산봉우리 전체를 붉게 물들이자, 분위기에 압도되고 묵자후의 기파에 놀란 마인들이 일제히 무릎을 꿇고 오체투지하며 지존호를 외치기 시작했다.

"지존강림, 만마앙복!"

"지존출세, 마도천하!"

그들이 한목소리로 외치는 지존호가 설원을 웅웅 울리며 눈사태를 일으켰다.

콰콰콰콰콰!

산 정상에서부터 폭포수처럼 쏟아져 내리는 엄청난 눈사태.

마인들이 모두 눈을 부릅뜨는 찰나, 묵자후의 전신에서 검은 기운이 폭사됐다.

번—쩍!

묵자후의 전신에서 발출된 검은 기운은 순간적으로 아수라 형상을 이루며 쏟아져 내리는 눈사태와 정면으로 충돌했다. 그러자 그 어마어마하게 쏟아지던 눈더미들이 묵자후가 발출한 검은 기운을 피해 양옆 계곡으로 떨어지기 시작했다.

쿠콰콰콰콰콰콰!

눈사태가 계곡을 메우는 진동을 온몸으로 느끼며 마인들은 다시 한 번 지존호를 외쳤다.

묵자후의 엄청난 신위와 동료 마인들의 뜨거운 함성에 지존령을 탈취하기 위해 음모를 꾸미던 사대흉인조차 분위기에 치해 목이 쉬도록 지존호를 외치기 시작했다.

"지존강림(至尊降臨)! 만마앙복(萬魔仰伏)!"

"지존출세(至尊出世)! 마도천하(魔道天下)!"

가슴을 웅웅 울리는 마인들의 지존호.

그 외치는 소리를 들으며 묵자후는 자기도 모르게 눈시울을 붉혔다.

과거, 혈영노조와 천금마옥 마인들이 외치던 그때의 목소리가 귀에 쟁쟁하게 들려온 때문이었다.


"허허허. 후아야, 드디어 네가 명실상부한 지존 위에 올랐구나!

축하한다. 정말 축하해……."

　정파인들에게 지존령을 뺏기지 않기 위해 자기 머릿속에
지존령을 간직했던 혈영노조를 비롯해, 자기를 살리기 위해
대신 죽어간 수많은 마인들이 오늘따라 무척 그리워지는 묵
자후였다.

〈제4권 끝〉

潛行武士
# 잠행무사

김문형 新무협 장편 소설

"흑랑성에 들어간 사람 중에
다시 강호에 나온 이는 없다."

서장 구륜사와의 결전을 승리로 이끌며
중원무림에 홀연히 나타난 문파 흑랑성(黑狼城).
그러나 흉흉한 소문이 사실로 드러나
무림맹으로부터 사파로 지목받고 멸문당한다.

그로부터 일 년 뒤.
강호의 은원을 정리하고 금분세수를 하려는
청위표국의 국주 송현은 마지막으로 무림맹의 의뢰를 받아들인다.
그것은 바로 금지 구역 흑랑성에 잠행하는 일.

송현은 무림에서 외면받는 무사 네 명을 선출하여
소림승 진광과 함께 흑랑성에 들어간다.
흑랑성의 비밀이 하나씩 드러나면서 밝혀지는 진실은
그들을 목숨을 건 사투로 끌어들여 가는데……

**액션스릴러로 만나는 무협
잠행무사!**

유행이 아닌 자유추구 -
WWW.chungeoram.com
Book Publishing CHUNGEORAM

그림자도 찾기 힘들고[無影],
가히 대적할 자도 없다[無雙]!
강호의 절대고수 무영무쌍!

청설위국의 위사 진세인,
그를 찾아오는 수많은 사람들.
그를 원하는 수많은 세력들.

# 무영무쌍

김수겸 新무협 판타지 소설

거대한 음모의 소용돌이 속에서
그는 그를 버렸던 용부를 지켰고,
그에게 검을 겨눴던 무림맹과 십만마교를
구해냈다.

모든 것을 가졌던 황제가
끝까지 갖지 못했던 단 한 사람!
위사 진세인과
동료들의 강호행이 시작된다!

유행이 아닌 자유추구 -
WWW.chungeoram.com
Book Publishing CHUNGEORAM

# CHARM MASTER 참마스터

눈매 퓨전 판타지 소설

## 부적(Charm)이란

만드는 자의 정성, 만드는 자의 능력, 받는 자의 믿음,
이 세 가지가 충족되어야 최고의 힘을 발휘한다.

이계에서 넘어온 영환도사의 후손 진월랑!
아르젠 제국의 일등 개국 공신 가문이었던 이계인 가문, 진가가 하루아침에 몰락했다.
그것도 가장 믿었던 사람으로 인해.

홀로 살아남은 어린 월랑은 하루하루 생존 게임이 벌어지는
살인자들의 섬으로 보내지는데…….

**독과 부적의 힘을 손에 넣은 진월랑!
그가 피바람을 몰고 육지로 돌아온다.**

Book Publishing CHUNGEORAM

청운하 新 무협 판타지 소설

# 백팔번뇌

百八煩惱

세상은 날 버렸다.
나 또한 세상을 버렸다.

神이 선택한 그들이 흘린 쓰레기를…
난 그저 주워 먹었을 뿐이다.
그러므로 난 여전히 배가 고프다.

**일류(一流)가 되기 위해서라면…
난 기꺼이 신마저 집어삼킬 것이다.**

유행이 아닌 자유추구 -
WWW.chungeoram.com

Book Publishing CHUNGEORAM

백팔살인공을 한 몸에 지닌 그를
훗날 천하는 그렇게 불렀다..

# 대무신

大武神

임영기 新무협 판타지 소설

무간백구호(無間百九號). 태무악(太武岳).
신풍혈수(神風血手). 대살성(大殺星).

고독한 소년이 세 살 때의 기억을 좇아
천하를 상대로 싸우면서 열아홉 살 때까지 얻은 이름들.

**그리고 백팔살인공(百八殺人功).**

# 大武神

백팔살인공을 한 몸에 지닌 그를 훗날 천하는 그렇게 불렀다.

Book Publishing CHUNGEORAM